Lauer, Max

Grammatik der klassischen armenischen Sprache

Lauer, Max

Grammatik der klassischen armenischen Sprache

Inktank publishing, 2018

www.inktank-publishing.com

ISBN/EAN: 9783750123656

GRAMMATIK

DER

CLASSISCHEN

ARMENISCHEN SPRACHE

VON

DR. M. LAUER.

WIEN, 1869.

WILHELM BRAUMÜLLER

K. K. HOF- UND UNIVERSITÄTSBUCHHÄNDLER

Vorrede.

Vorliegende kurz gefasste Grammatik der classischen armenischen Sprache hat den Zweck, in das Studium der armenischen Litteratur einzuführen. Sie will daher auch nicht das ganze grammatische Material bis ins Einzelne hinein, sondern nur das für den Schul- und Selbst-Unterricht Nothwendige aus der Laut-, Wort- und Satz-Lehre in möglichster Kürze und Klarheit darlegen. Wenn einzelne Punkte, besonders der Wortlehre, ausführlicher, als nach dem Zwecke des Buches nothwendig scheint, behandelt sind, so hat das seinen Grund in der Absicht des Verfassers, betreffende Punkte besser, als es bis jetzt geschehen ist, oder auch im Gegensatze zu ihrer bisherigen grammatischen Behandlung vom rein wissenschaftlichen Standpunkte aus zu beleuchten.

Die Satzlehre, wie sie in Kürze in dieser Grammatik vorliegt, kann der Verfasser ganz als Resultat seiner eigenen Forschung betrachten.

Damit auch für solche, welche die armenische Grammatik blos oder doch vorzugsweise zum Zwecke der Sprachvergleichung studiren, das Buch brauchbar werde, sind die Nominal- und Verbal-Stämme in der für das Sanskrit üblichen Weise behandelt und die Casus-, Tempus- und Personal-Bildungselemente, die Numeral- und Pronominal-Stämme so wie die Wortbildungsarten auf die entsprechenden

a*

sanskritischen zurückgeführt, wobei Bopp's vergleichende Grammatik in zweiter Auflage durchgehends zu Grunde gelegt ist, und auch andere Autoritäten auf dem Gebiete der Sprachwissenschaft gehörige Berücksichtigung gefunden haben. Dagegen ist von einer eingehenden Behandlung der armenischen Lautlehre Abstand genommen, weil eine solche erst nach Erkenntniss der Lautverhältnisse der indogermanischen, besonders, wie es scheint, der slavischen Sprachen möglich und für das erste Studium der Sprache geradezu nutzlos und verwirrend ist.

Der Verfasser glaubte anfangs, von der Aufführung der armenischen Cursivschrift absehen zu können, hat sich jedoch später eines besseren belehrt, und selbige in einer Schrifttafel dem Werke angefügt.

Der Mangel einer armenischen Chrestomathie und die Schwierigkeit, sich armenische Drucke und Wörterbücher zu verschaffen, haben den Verfasser auf den Gedanken gebracht, die Geschichte Armeniens von Moses von Chorene, einem classischen armenischen Schriftsteller aus dem fünften nachchristlichen Jahrhunderte, mit erklärenden kritischen, grammatischen und geschichtlichen Noten und einem vollständigen Glossar versehen, als armenische Chrestomathie in kurzer Zeit folgen zu lassen.

Für die Schönheit des Druckes und die Ausstattung des Werkes der kaiserl. königl. Staatsdruckerei und dem Herrn Verleger besten Dank.

Trier, im März 1869.

Der Verfasser.

Inhaltsverzeichniss.

IV. Pronomen 32—41.

V. Verbum 41—65.

A. Regelmässiges Verbum 41—62.

I. Im allgemeinen 41—46.

II. Das Verbum im Besondern 46—62.

B. Verba substantiva 62—65.

C. Unregelmässige Verba 64—65.

VI. Indeclinabilia 65—70.

B. Wortbildung 70—77.

I. Bildung der Nomina 70—75.

II. Bildung der Verba 75—77.

III. Theil. Satzlehre 77—98.

I. Wortstellung 77.

II. Übereinstimmung 77—80.

III. Casuslehre 80—90.

IV. Die Lehre vom Verbum 90—98.

A. Die Tempora und ihre Bedeutung 90—93.

Seite

B. Die Modi und ihre Bedeutung 93—96.

C. Das Passivum 96.

D. Rection der Verba 97.

Die armenische Sprache hat drei deutlich von einander geschiedene Perioden durchlebt. Die erste reicht bis auf Mesrob, im Anfange des V. Jahrhunderts, und hatte den Berichten späterer Schriftsteller zufolge schon eine ansehnliche Zahl litterarischer Arbeiten, meist historischen Inhaltes, aufzuweisen. Diese sind leider bis auf wenige Überreste verloren gegangen, haben aber späteren armenischen Schriftstellern noch vorgelegen [1]). Die einzelnen Laute dieser Periode lassen sich nicht mehr nachweisen. Der Formenreichthum ist jedenfalls ein grösserer gewesen als der der classischen Periode. Manche dieser grammatischen Formen sind später verschwunden, andere nur mehr in einzelnen Redetheilen, und andere endlich nur mehr geschwächt und abgestumpft vorhanden. Die erste Periode hat Schriftzeichen gehabt nach Philostratus „Vita des Apollonius von Tyana", lib. II, cp. 2, „et captam quidem in Pamphylia aliquando pantheram cum torque quem circa collum gestabat. Aureus antem ille erat armeniisque inscriptus litteris hoc sensu: rex Arsaces deo Nysaeo. Regnabat nempe temporibus illis in Armenia Arsaces". Philostratus lebte um das Jahr 200 nach Christus.

Die zweite Periode reicht vom V. bis XII. Jahrhundert, und umfasst die classischen Schriftsteller Armeniens. Sie beginnt mit der Einführung eines neuen Alphabetes durch Mesrob. Die Thätigkeit Mesrob's hierbei war eine doppelte; die vorhandenen Laute seiner Sprache brachte er in eine der griechischen nachgebildete Lautreihe und schaffte dafür neue Lautzeichen (litterae Mesrobianae), die

---

[1]) Vergleiche: „Quadro della storia letteraria di Armenia estesa da Mons. Placido Sukias Somal". Venezia 1829. Seite 1 folg. und: C. F. Neumann „Versuch einer Geschichte der armenischen Litteratur". Leipzig 1836. Seite 1 folg.

wohl dem grössten Theil und Wesen nach auf denen der ersten Periode beruhen. Laute, grammatische Formen und Syntax dieser Periode sind in vorliegender Grammatik dargestellt.

Die dritte Periode, die mit dem XII. Jahrhunderte beginnt, hat zu den vorhandenen Buchstaben noch zwei neue, օ für *ô* und ֆ für *f* hinzugefügt. Sie weicht in der Aussprache einzelner Laute und im Gebrauche der grammatischen Formen bedeutend von der zweiten Periode ab. In ihr ist zu der Schrift Mesrob's noch eine Cursivschrift hinzugekommen [1]).

---

[1]) Die Cursivschrift ist zu finden in Joh. Joachimi Schroederi „Thesaurus linguae armenicae" Amstelodami 1761. Paschal Aucher „Dictionnaire abrégé arménien-français" 1817. J. Ch. Cirbied „Grammaire de la langue arménienne". Paris 1823.

I. Theil.

Lautlehre.

Das Alphabeth Mesrob's mit den zwei in der dritten Periode hinzugekommenen Buchstaben, welche auch in die armenischen Drucke übergegangen sind, ist folgendes:

Schriftzeichen		Name	Laut	Zahlenwerth
grosse	kleine			
Ա	ա	այբ aib	*a*	1
Բ	բ	բեն ben, bjen	*b*	2
Գ	գ	գիմ gim	*g*	3
Դ	դ	դա da	*d*	4
Ե	ե	եչ etsch, jetsch	*ĕ*	5
Զ	զ	զա sa	*ṣ* (weiches *s*)	6
Է	է	է ê	*ê*	7
Ը	ը	ըթ eth, jeth	dumpfer Vocalanstoss	8
Թ	թ	թո tho	*th*	9
Ժ	ժ	ժէ schê	*sch* (weich)	10
Ի	ի	ինի ini	*i*	20
Լ	լ	լիւն liun	*l*	30
Խ	խ	խէ chê	*ch*	40
Ծ	ծ	ծա dṣa	*dṣ* (*d* + weiches *ṣ*)	50
Կ	կ	կեն ken, kjen	*k*	60
Հ	հ	հո ho	*h* (stark)	70
Ձ	ձ	ձա dsa	*ds* (*d* + hartes *s*)	80
Ղ	ղ	ղատ ghat	*gh*	90
Ճ	ճ	ճէ dschê	*dsch*	100

1*

Schriftzeichen		Name	Laut	Zahlenwerth
grosse	kleine			
Մ	մ	մեն men, mjen	*m*	200
Յ	յ	յի hi	*h* (weich)	300
Ն	ն	նո no	*n*	400
Շ	շ	շա scha	*sch* (stark)	500
Ո	ո	ու wŏ	*ŏ*	600
Չ	չ	չա tscha	*tsch*	700
Պ	պ	պէ pê	*p*	800
Ջ	ջ	ջէ dschê	*dsch*	900
Ռ	ռ	ռա ra	*r* (stark)	1000
Ս	ս	սա sa	*s* (stark)	2000
Վ	վ	վեւ wev, wjev	*w*	3000
Տ	տ	տիւն tiun	*t*	4000
Ր	ր	րէ rê	*r* (weich)	5000
Ց	ց	ցո tso	*ts*	6000
Ւ	ւ	ւիւն viun	*v*	7000
Փ	փ	փիւր phiur	*ph*	8000
Ք	ք	քէ khê, q̓ê	*kh*, *q̓*	9000
Օ	օ	օ o	*ô*	10.000
Ֆ	ֆ	ֆէ fê	*f*	20.000

Das Zeichen և steht für եւ *ev*.

Die grossen Buchstaben werden in unsern armenischen Drucken zu Anfang der Eigennamen und der Sätze, sonst überall die kleinen gebraucht.

Das griechische Alphabeth lässt sich aus dem armenischen deutlich herauslesen. Die im Griechischen nicht vorhandenen Laute sind willkürlich demselben eingefügt. Die Namen der Buchstaben sind zum Theil aus dem Griechischen herübergenommen, zum Theil armenischen Ursprungs.

Die Vocale.

Die Grundvocale *â*, *î*, *û* werden im Armenischen mit ա, ի, ու bezeichnet. ու ist nur dem äussern Anscheine nach Doppellaut, dem

Werthe nach ist es *u*. Das ursprüngliche Zeichen für *u* ist ո, wie noch in den Diphthongen ոյ *ui*; in Schrift und Druck hat ո (von den Neuarmeniern zu Anfang der Wörter wie *wŏ* gesprochen) die Bedeutung von *ŏ*. Für *ō* gilt das seit dem XII. Jahrhundert in die Schrift eingeführte օ, und in griechischen Wörtern für ω die Lautverbindung ով (sonst hat վ überall seinen alphabethischen Laut *w*). Für *e* gibt es zwei Zeichen, ե (von den Neuarmeniern besonders zu Anfang der Wörter wie *je* gesprochen) für *ĕ* und է für *ē*.

Der Vocalanstoss ը, etwa dem hebräischen Schwa mobile entsprechend, wird schnell und dumpf gesprochen, und kann als äusserste Verkürzung sämmtlicher Vocale betrachtet werden.

Treten zwei Vocale unmittelbar aneinander, so behält jeder seinen alphabethischen Laut. Nur ե vor ա stehend lehnt sich an dieses in der Weise eines *j* an.

Die Halbvocale und Diphthongen.

Die Buchstaben յ und ւ sind Halbvocale. Wörter und Silben anlautend haben sie ihren alphabethischen Laut *h* und *v*. Wörter auslautend ist յ immer Dehnung eines vorhergehenden ա oder ո, und auch in diesem Falle wie weiches *h* zu sprechen. յ lautet wie *j*, wenn es Stellvertreter des griechischen Jota in Fremdwörtern und des Präfixes 'ի ist.

յ bildet in der Mitte der Wörter mit vorhergehendem ա und ո, wenn es nicht die folgende Silbe anlautet, die Diphthongen այ und ոյ *ai* und *ui* (ո behält in ոյ seinen alten Laut *u*).

Unter denselben Bedingungen bildet ւ mit vorhergehendem ա, ի, ե die Diphthongen աւ *au*, իւ und եւ *iu* (իւ und եւ sind blos graphisch, nicht lautlich von einander verschieden). Ein vor այ und աւ stehendes ե schliesst sich auch hier in der Weise eines *j* dem ա an.

Die Consonanten.

Von einer systematischen Anordnung und der etymologischen Behandlung der Consonanten kann in diesem zunächst praktischen Buche abgesehen werden. Beide sind ohnehin für den Lernenden überflüssig und für Wenige verständlich. Folgendes mag hier Platz finden.

ք ist gutturale Aspirata und gleichlautend mit dem hebräischen ק und dem neupersichen خ oder vielmehr خو, z. B. in خواندن *khândan*, *ḳândan* '*legere*'; sehr oft dient es zum Ausdrucke des griechischen χ, so constant in Քրիստոս *Christus*.

ղ ist etymologisch verwandt mit *l* und *r*. Im Alphabete nimmt es die Stelle des griechischen λ ein, und dient in der armenischen Schrift auch zu dessen Ausdruck in griechischen Wörtern. Es ist zu sprechen wie *gh*. Zwischen ղ und ռ lässt sich nur ein etymologischer, aber kein lautlich vernehmbarer Unterschied feststellen.

Die Neuarmenier sprechen բ, գ, դ wie *p*, *k*, *t*, dagegen պ, կ, տ wie *b*, *g*, *d*.

Der Ton.

Der Ton des Wortes ruht im Armenischen auf der Endsilbe. Die Imperative haben den Ton auf der letzten Silbe bezeichnet durch das Zeichen des griechischen Acutus. Den Acutus nehmen auch alle Interjectionen auf die Tonsilbe.

Lesezeichen.

Die Interpunctionszeichen sind nach den verschiedenen Drucken auch verschieden.

Die Pronomina und Adverbia interrogativa nehmen über sich ein ՞, z. B. ո՞ *quis*, ընդէ՞ր *cur*.

Ein Apostroph dem Präfixe ի vorgesetzt — 'ի — unterscheidet dieses von wortanlautendem ի.

Ein über ein oder einige Buchstaben gesetztes ՟ ist Abkürzungszeichen, z. B. ա՟ծ für աստուած *Deus*.

Sonstige Lesezeichen, die sich in Drucken vorfinden, sind unerheblich und nach ihrer Bedeutung leicht zu verstehen.

II. Theil.

W o r t l e h r e.

A. Wortbeugung.

I. Substantivum.

1. Genusbezeichnung.

Ein grammatisches Geschlecht, d. h. eine durch die sogenannte Motion erzielte Bezeichnung des natürlichen Geschlechtes lebender Wesen, so wie eine blos im Sprachbewusstsein gegebene Scheidung lebloser Dinge nach Endung und Begriff in Masculina, Feminina, Neutra existirt im Armenischen weder für das Substantivum, noch für das Adjectivum und Participium. Nur das *ուհի* dient nicht gerade selten als grammatische Bezeichnung des natürlichen weiblichen Geschlechtes; z. B. *Տիգրան Tigran*, fem. *Տիգրանուհի*. *արքայ rex*, *արքայուհի regina*, *սուրբ sanctus*, *սրբուհի sancta;* eben so, aber sehr selten, das Nominibus propriis angefügte *դուխտ filia* und *անոյշ suavis*, z. B. *Տիգրան Tigran*, fem. *Տիգրանադուխտ*. *Վարդ Ward*, fem. *Վարդանոյշ*.

Bei Eigennamen, die aus fremden Sprachen ins Armenische Eingang gefunden haben, wird die grammatische Genusbezeichnung beibehalten, z. B. *Յովհաննէս Joannes*, *Յովհաննէ Joanna.*

Zur ausdrücklichen Bezeichnung des natürlichen Geschlechtes wird den Gattungsnamen vernünftiger Wesen *այր vir* zur Bezeichnung des männlichen, und *կին* oder *էգ femina* zur Bezeichnung des weiblichen Geschlechtes, und denen der Thiere entsprechend *արու* oder *որձ masculinum* und *էգ* oder *մատակ* oder *քած femininum* vorgesetzt, z. B. *մարդ homo*, *այրմարդ vir*, *կինմարդ*, *էգմարդ femina*, *ձի equus*, *արուձի*, *որձձի equus*, im Gegensatze zu *էգձի*, *մատակձի*, *քածձի equa.*

2. Nominalthemen im Allgemeinen.

Declinationseintheilung.

Die armenischen Nominalthemen zerfallen in vocalische und consonantische, und beide Arten wieder in schwache und starke. Die schwachen Themen liegen dem Nominativus, Accusativus und Vocativus Singularis und zum grossen Theil auch denselben Casus des Pluralis, die starken Themen den übrigen Casus des Singularis und Pluralis zu Grunde. Ein Declinationsunterschied zeigt sich blos bei den starken Themen. Diese lauten nämlich entweder auf einen Vocal (starke vocalische Themen) oder auf einen Consonanten aus (starke consonantische Themen). Darauf gründet sich der Unterschied zwischen vocalischer und consonantischer Declination. Die vocalische Declination zerfällt in vier Arten nach den das starke Thema auslautenden Vocalen ա, ո, ի, ու, ebenso die consonantische Declination in vier Arten nach den Vocalen ա, ե, ի, ու, welche dem das starke Thema auslautenden Consonanten vorhergehen. Welcher der jedesmalige Themavocal ist, muss durch die Beobachtung erlernt werden. Die Regeln, die hierüber möglich sind, werden im folgenden Paragraphen gegeben. Die Themavocale ո und ե sind Schwächung von ա innerhalb der armenischen Sprache, so dass also die drei Grundvocale *a*, *i*, *u* eigentlich den Declinationsunterschied begründen. Das dem Themavocale ա der vocalischen und consonantischen Declination häufig vorhergehende ե, welches sich an das ա in der Weise eines *j* anlehnt, gehört nicht zum Themavocale, sondern ist aus ursprünglichem *y*, *j* entstanden.

3. Die Nominalthemen im Besondern.

Zur Orientirung sei hier gleich bemerkt, dass die schwachen Themen den Nominativus, die starken den Genitivus Singularis ausdrücken.

1. Die vocalischen schwachen und starken Themen.

Die vocalischen schwachen Themen unterscheiden sich von den vocalischen starken wesentlich dadurch, dass in ihnen die Themavocale ա, ո, ի, ու abgefallen sind, in den letztern aber wieder als Themaauslaute zum Vorschein kommen. Schwache vocalische ու-Themen haben oft zum Ersatz des abgefallenen thematischen ու ein ր [1]) angenommen, welches aber im starken Thema dem ու wieder weichen muss.

Տրդատ *Trdat (Tiridates)*, schwaches Thema zu Տրդատա. մարդ *homo*, schwaches Thema zu մարդո. բախտ *fortuna*, schwaches Thema zu բախտի. մահ *mors*, schwaches Thema zu մահու. մեղր *mel*, schwaches Thema zu մեղու.

Durch den Abfall des Themavocals in der schwachen Form des Themas wird oft bei dieser die Einschiebung eines Hilfsvocals, besonders eines ի und ու, und die Dehnung eines ի zu է und eines ու zu ոյ nöthig.

Hilfsvocal und Dehnung verschwinden jedoch wieder im starken Thema; z. B. միտ *spiritus*, schwaches Thema zu մտի. քուն *somnum*, schwaches Thema zu քնո. զէն *arma*, schwaches Thema zu զինու. զրոյց *sermo*, schwaches Thema zu զրուցի.

Zu ein und demselben schwachen Thema existiren oft zwei starke, das erste auf ո oder ի oder ու, und das zweite auf ա auslautend; z. B. տեղի *locus*, schwaches Thema zu տեղւո und տեղեա. միտ *spiritus*, schwaches Thema zu մտի und մտա. բարձր *altus*, schwaches Thema zu բարձու und բարձա.

Das auf ո, ի, ու auslautende starke Thema liegt in diesem Falle dem Genitivus und Ablativus Singularis, das auf ա auslautende dem Instrumentalis des Singularis und den Casibus obliquis des Pluralis zu Grunde.

a) Vocalische ա-Themen [2]).

Vocalische ա-Themen sind nur Eigennamen. Das ի der Endung ուհի weiblicher Eigennamen geht im starken Thema vor dem Themavocale ա in ե über.

Տրդատ *Trdat*, schwaches Thema zu Տրդատա. Օահուհի, schwaches Thema zu Օահուհեա.

---

1) Das ր findet sich auch in sanskr. *a*-Themen in der Form von ուն (mit dem Determinativsuffixe ն) zum Ersatz des im Armenischen abgefallenen Themavocals ա; z. B. ձմեռն *hiems*, zend. *zima*. Solche Gestaltungen sind im Armenischen aber vollständige consonantische Themen geworden.

2) Die nun folgenden Regeln beruhen auf der Beobachtung. Sie sind die einzigen, die sich über das Verhältniss der schwachen und starken Themen zu einander aufstellen lassen. Einzelne Abweichungen können nicht berücksichtigt werden.

b) Vocalische *ո*-Themen.

Zu den vocalischen *ո*-Themen gehören:

α) Die Nomina, die im schwachen Thema (Nominativus Sing.) auf *ի* auslauten, mit Ausnahme der unter *a* genannten Eigennamen auf *ուհի*. Dieses *ի* ist ursprüngliches *y*, *j*, und geht vor dem *ո* des starken Themas in den diesem homogenen Halbvocal *ւ* über (sehr selten wird es beibehalten); z. B. *տեղի* *locus*, schw. Th. zu *տեղւո*. *որդի* *filius*, schw. Th. zu *որդւո*. *սրբուհի* *sancta*, schw. Th. zu *սրբուհւո*.

Vor dem *ա*, als Auslaut des zweiten starken Themas, das sich neben dem auf *ո* zu vielen der im schwachen Thema auf *ի* auslautenden Nomina, besonders zu denen auf *ուհի* und den Participiis auf *լի* findet, geht das *ի*, welches das schwache Thema auslautet, in *ե* über; z. B. *սրբուհի* *sancta*, schw. Th. zu *սրբուհւո* und *սրբուհեա*. *սիրելի* *amaturus*, *amandus*, schw. Th. zu *սիրելւո* und *սիրելեա*. *տեղի* *locus*, schw. Th. zu *տեղւո* und *տեղեա*.

β) Die Infinitive auf *ել*, *ալ*, *ուլ*, *իլ* und die Participia Aoristi auf *եալ*. Im starken Thema fällt das *ու* von *ուլ* aus, und werden das *ի* von *իլ* und das *եա* von *եալ* zu *ե*; z. B. *բերել* *ferre*, schw. T. zu *բերելո*. *աղալ* *molere*, schw. Th. zu *աղալո*. *թողուլ* *sinere*, schw. Th. zu *թողլո*. *խօսիլ* *loqui*, schw. Th. zu *խօսելո*. *սիրեցեալ* *amatus*, schw. Th. zu *սիրեցելո*.

γ) Die schwachen Themen, die vor consonantischem Auslaute den Hilfsvocal *ու* haben. Das *ու* fällt im starken Thema aus; z. B. *հուր* *ignis*, schw. Th. zu *հրո*. *սուրբ* *sanctus*, schw. Th. zu *սրբո*. Mehreren so gestalteten schwachen Themen steht jedoch ein starkes auf *ի* gegenüber; z. B. *խումբ* *exercitus*, schw. Th. zu *խմբի*.

δ) Die Nomina, die im schwachen Thema auf *իւ* auslauten. Das *ի* der Endung *իւ* geht im starken Thema in *ո* über; z. B. *կռիւ* *bellum*, schw. Th. zu *կռուո*.

ε) Die Pronomina possesiva; z. B. *իմ* *meus*, schw. Th. zu *իմո*.

c) Vocalische *ի*-Themen.

Zu den vocalischen *ի*-Themen gehören:

α) Die meisten Nomina, die im schwachen Thema auf eine Gutturale oder Dentale auslauten; z. B. *բախտ* *fortuna*, schw. Th. zu *բախտի*.

β) Die Comparative auf ագոյն. Das ոյ geht im starken Thema in ու über; z. B. մեծագոյն *major*, schw. Th. zu մեծագունի.

γ) Die Ordinalia auf որդ, die Multiplicativa auf պատիկ, die Zahlsubstantiva auf ակ und եակ.

δ) Die Nomina, die im schwachen Thema vor einfachem schliessenden Consonanten ein ոյ haben. ոյ geht im starken Thema in ու über; z. B. զրոյց *sermo*, schw. Th. zu զրուցի.

ε) Die Nomina, die im schwachen Thema auf այ und եայ auslauten. եա geht im starken Thema in է über, wodurch das folgende յ überflüssig wird; z. B. արքայ *rex*, schw. Th. zu արքայի. Հայկազնեայ *haicanus*, schw. Th. zu Հայկազնէի.

Als Ausnahmen merke man Հայ *Armenius*, schw. Th. zu Հայո.

ζ) Die Nomina, die im schwachen Thema auf ոյ und ու auslauten; z. B. դշխոյ *regina*, schw. Th. zu դշխոյի. լեզու *lingua*, schw. Th. zu լեզուի.

d) Vocalische ու-Themen.

Zu den vocalischen ու-Themen gehören ausser andern, die sich nicht in Regeln bringen lassen, alle Nomina (Substantiva und Adjectiva), die im schwachen Thema ein ր zum Ersatz des abgefallenen Themavocals ու angenommen haben; z. B. մեղր *mel*, schw. Th. zu մեղու. փոքր *parvus*, schw. Th. zu փոքու.

Andere sind: զօր *exercitus*, schw. Th. zu զօրու. զէն *arma*, schw. Th. zu զինու.

9. Die consonantischen schwachen und starken Themen.

Die consonantischen schwachen und starken Themen unterscheiden sich wesentlich dadurch von einander, dass der Themavocal ա, ե, ի, ու in jenen durchgehends ausgefallen, in diesen aber vorhanden ist, und zwar unmittelbar vor dem Schlussconsonanten stehend. Durch den Ausfall des Themavocals wird im schwachen Thema sehr oft die Einschiebung eines Hilfsvocals nöthig, der im starken Thema wieder ausfällt. Vor dem ա des starken Themas, welches auf ան auslautet, findet sich oft ein aus den Halbvocalen entstandenes ե, welches sich an das ա in der Weise eines *j* anlehnt.

Die consonantischen Themen sind folgende:

a) Alle Nomina, die im schwachen Thema (Nominativus Sing.) auf ն, ղ und ր mit unmittelbar vorhergehendem Consonanten auslauten. Im starken Thema treten die Themavocale ա, ե, ի (— ու findet sich blos beim Thema օր *dies*, und dessen Compositis; darüber unter *b* —) zwischen ն, ղ, ր und den diesen vorhergehenden Consonanten. Welches der jedesmalige Themavocal zu gegebenen schwachen Themen ist, muss die Beobachtung lehren. Feststellen lässt sich nur, dass ե für die Themen auf ղ und ր immer Themavocal ist, während die Themen auf ն zwischen ա und ի schwanken; z. B. սկիզբն *initium*, schw. Th. zu սկզբան. ոտն *pes*, schw. Th. zu ոտին. աստղ *stella*, schw. Th. zu աստեղ. դուստր *filia*, schw. Th. zu դստեր.

Die schwachen Themen auf ռն behalten in der starken Form ihr ռ bei oder erweichen es zu ր; z. B. գառն *agnus*, schw. Th. zu գառին. լեառն *mons*, schw. Th. zu լերին.

Neben dem starken Thema auf ին existirt immer zu demselben schwachen Thema ein zweites starkes auf ան, welches dem Instrumentalis des Singularis und den Casibus obliquis des Pluralis zu Grunde liegt; z. B. ոտն *pes*, schw. Th. zu ոտին und ոտան.

b) Die Nomina, die im schwachen Thema auf ուն[1]), իւն, իւր endigen, und deren ւ ursprünglich consonantisch, in der schwachen Form aber mit dem vorhergehenden ո und ի zu einem vocalischen Laute verschmolzen ist. In ու und իւ ist ո bald radical, bald Hilfslaut, ի aber immer Hilfsvocal. Der Themavocal der Nomina auf ուն und իւն ist ա, der der Nomina auf իւր ist ե. Das ւ bleibt bald im starken Thema, bald geht es in ե über, bald fällt es ganz aus; z. B. անուն *nomen* (vergl. lat. *nominis*), schw. Th. zu անուան. մահ *mors*, für մահուն, schw. Th. zu մահուան. շուն *canis* (sansk. *śvan*), schw. Th. zu շուան, wofür շան. տուն *domus* (sansk. *dăman*), schw. Th. zu տուան, wofür տան. ձիւն *nix*, schw. Th. zu ձւան, wofür ձեան. ալիւր *farina*, schw. Th. zu ալեւր, wofür ալեր. աղբիւր *fons*, schw. Th. zu աղբեւր, wofür աղբեր.

---

[1]) Wenn in einem schwachen Thema auf ուն das ու Hilfslaut ist, so gehört jenes zu den vocalischen Themen, und zwar in der Regel zu den ո-Themen; z. B քուն *somnum*, schw. Th. zu քնո.

Hierher gehört auch das einzige consonantische ու-Thema, nämlich օր *dies* für աւր, schw. Th. zu աւուր. mit seinen Compositis; z. B. միջօր *meridies* für միջաւր, schw. Th. zu միջաւուր.

c) Die zahlreiche Classe der Nomina abstracta, die im schwachen Thema auf թիւն[1]) (griechisch συνη, vedisch *tvana*) endigen. Dem թիւն geht immer der Hilfsvocal ու vorher, welcher auch im starken Thema bleibt. Im starken Thema tritt regelmässig ein ա als Themavocal zwischen ւ und ն, wobei das ի von իւ abfällt. Der Auslaut des starken Themas ւան geht immer mit Verwandlung des ւ in ե in եան über; z. B. բազմութիւն *multitudo*, schw. Th. zu բազմութւան, wofür բազմութեան. հաճութիւն *approbatio*, schw. Th. zu հաճութւան, wofür հաճութեան.

In Drucken finden sich häufig die Abkürzungen թի̄ und թե̄ für թիւն und թեան.

d) Die Nomina abstracta, welche im schwachen Thema auf ուստ und ուրդ endigen. տ und դ sind das թ des eben behandelten թիւն, dessen իւն im schwachen Thema mit Übergang des թ in տ nach ս, und in դ nach ր abgefallen ist, im starken Thema aber wieder als եան eintritt. Das ու in ուստ und ուրդ ist Hilfsvocal, und fällt im starken Thema immer aus; փախուստ *fuga*, schw. Th. zu փախստեան. ժողովուրդ *populus*, schw. Th. zu ժողովրդեան.

e) Einige Nomina, welche im schwachen Thema auf einen andern Consonanten als ն, ղ, ր endigen, im starken Thema aber auf ան (եան) auslauten, so dass man annehmen muss, dass im schwachen Thema das ն abgefallen ist; z. B. տեսիլ *visio*, schw. Th. zu տեսլեան. մանուկ *infans*, schw. Th. zu մանկան. աղջիկ *puella*, schw. Th. zu աղջկան.

Bisweilen findet sich zu ein und demselben schwachen Thema ein starkes vocalisches und consonantisches; z. B. քար *lapis*, schw. Th. zu քարի und քարին (auch քարան). մահ *mors*, schw. Th. zu մահու und մահուան.

4. Bildung der Casus.

Das Armenische hat im Singularis und Pluralis folgende Casus: Nominativus, Accusativus, Vocativus, Genitivus, Dativus, Ablativus, Instrumentalis.

---

[1]) Vergl. Bopp's vergl. Gramm. 2. Auflage, III. 262, Anmerkung.

a. Nominativus.

Der Nominativus singularis ist immer gleichlautend mit dem schwachen Thema. Es ist also das ursprüngliche Zeichen dieses Casus (*s* und *m*) sammt dem Themavocale abgefallen.

Das Zeichen des Nominativus pluralis ist *ք*, entstanden aus dem sanskr. *s* desselben Casus. Dieses *ք* tritt bei den vocalischen Themen an das schwache Thema (Nominat. Sing.), bei vielen vocalischen *ու*-Themen, besonders gerne bei denen, welche im schwachen Thema ein *ր* als Ersatz des abgefallenen Themavocals angenommen haben, an das starke Thema (Genit. Sing.) mit Einschiebung eines *ն* zwischen *ու* und *ք*, bei den consonantischen Themen theils an das schwache — so bei allen auf *թիւն*, theils an das starke — so bei allen auf *ղ* und *ռն*; z. B. *մարդ* *homo*, *մարդք*. *ախտ* *malum*, *ախտք*. *ժամ* *hora*, *tempus*, *ժամք*. *ծանր* *gravis*, *ծանունք*. *փոքր* *parvus*, *փոքունք*. *բազմութիւն* *multitudo*, *բազմութիւնք*. *եղջիւր* *cornu*, *եղջիւրք*. *աստղ* *stella*, *աստեղք*. *լեառն* *mons*, *լերինք*. *եղն* *cervus*, *եղինք*.

Manche schwache Themen auf *ն* mit vorhergehenden Consonanten schieben im Nom. plur. ein *ու* vor dem *ն* ein aus euphonischen Gründen; z. B. *ակն* *oculus*, *ակունք*. *թիկն* *dorsum*, *թիկունք*.

b. Accusativus.

Der Accusativus Singularis ist gleichlautend mit dem schwachen Thema oder dem Nom. Sing. Das Zeichen des Accusativus Pluralis ist *ս*, das *s* des alten Accusativsuffixes *ans*. Dem Accusativus Plur. liegt immer dasselbe Thema zu Grunde, wie dem Nom. plur. Dem Accusativus des Singularis sowohl wie dem des Pluralis wird, wenn er bestimmt ist, durchgehends, wenn er im Theilungssinne zu nehmen ist, höchst selten ein *զ* präfigirt. Lautet der Accusativus mit einem Zischlaute an, so unterbleibt häufig des Wohllautes wegen die Vorsetzung des *զ*.

Bopp [1]) hält das *զ* für das *y* des sanskr. Demonstrativstammes *tya*, Müller [2]) für verwandt mit der Pelewîpartikel *ghan*; z. B.

մարդ ἄνθρωπος, *մարդ* ἄνθρωπον, *զմարդ* τὸν ἄνθρωπον, *մարդս* ἀνθρώπους, *զմարդս* τοὺς ἀνθρώπους.

---

1) A. a. O. I. 473.

2) Beiträge zur Declination des armenischen Nomens. S. 5.

աստղ ἀστήρ, *աստղ* ἀστέρα, *զաստղ* τὸν ἀστέρα, *աստեղս* ἀστέρας, *զաստեղս* τοὺς ἀστέρας.

c. Vocativus.

Der Vocativus ist im Singularis und Pluralis gleich dem Nominativus mit vorgesetzter Interjection, besonders *ով* *օ*.

d. Genitivus.

Der Genitivus Sing. ist immer gleichlautend mit dem starken vocalischen und consonantischen Thema, nur die vocalischen starken Themen auf *ա* und *ո* nehmen als Genit. Sing. das *յ* der Dehnung an. Dieses *յ* in den Genitiven auf *այ* und *ոյ* hält Bopp [1]) für das *y*, Müller [2]) für das *s* der sanskr. Genitivendung *sya*; z. B. *Տրդատ* Tiridates. *Տրդատայ* Tiridatis. *մարդ homo*, *մարդոյ hominis*. *ախտ malum*, *ախտի mali*. *զէն arma*, *զինու armorum*. *ակն oculus*, *ական oculi*. *աստղ stella*, *աստեղ stellae*. *ոտն pes*, *ոտին pedis*. *օր dies*, *աւուր diei*.

Vocalische starke *ո*-Themen erhalten oft als Genitive ein *ջ*, welches das *y* des sanskr. *sya* ist; z. B. *տեղի locus* st. Th. *տեղւո*, Genit. *տեղւոջ*. *կին mulier*, st. Th. *կնո*, Genit. *կնոջ*.

Der Genitivus Pluralis fügt ein *ց* an das starke vocalische und consonantische Thema. Existirten zu ein und demselben schwachen Thema zwei starke, so tritt das *ց* des Genit. Plur. an dasjenige, welches dem Instrumentalis Sing. zu Grunde liegt. Die vocalischen *ու*-Themen, welche den Nom. Plur. vom starken Thema auf *ունք* mit Einschiebung eines *ն* bilden, behalten dieses *ն* auch im Gen. Plur.

Das *ց* ist nicht mit Müller [3]) aus dem *s* der Sanskrit-Endung *sâm* zu erklären, sondern mit Bopp [4]) aus dem *y* der Sanskrit-Endung *bhyas* des Dativus und Ablativus pluralis, weil das armenische *ց* in den grammatischen Endungen durchgehends als Vertreter des sanskr. *y* erscheint; z. B.

մարդ homo, st. Th. *մարդո*, Gen. Plur. *մարդոց*, *ախտ malum*, st. Th. *ախտի*, Gen. Plur. *ախտից*. *ժամ hora*, *tempus*, st. Th.

---

[1]) A. a. O. I. 381.

[2]) A. a. O. S. 3.

[3]) A. a. O S. 4.

[4]) A. a. O. I. 425.

ժամու, Gen. Plur. *ժամուց*. *զօր exercitus*, st. Th. *զօրու*, Gen. Plur. *զօրունց*. *փոքր parvus* st. Th. *փոքրու*, Gen. Plur. *փոքրունց*.

ակն oculus st. Th. *ական*, Gen. Plur. *ականց*. *ուստր filius*, st. Th. *ուստեր*, Gen. Plur. *ուստերց*. *օր dies*, st. Th. *աւուր*, Gen. Plur. *աւուրց*.

տեղի locus, st. Th. I. *տեղւո*, II. *տեղեա*, Gen. Plur. *տեղեաց*. *պատերազմ pugna*, st. Th. I. *պատերազմի*, II. *պատերազմա*, Gen. Plur. *պատերազմաց*. *բարձր altus*, st. Th. I. *բարձու*, II. *բարձա*, Gen. Plur. (mit Einschiebung von *ն*) *բարձանց*. *գառն agnus*, st. Th. I. *գառին*, II. *գառան*, Gen. Plur. *գառանց*.

Sehr selten bildet sich der Genitivus pluralis von dem schwachen Thema; z. B.

հանուր universalis, schw. Th. zu *հանրո*, Gen. Plur. *հանուրց*. *ջուր aqua*, schw. Th. zu *ջրո*, Gen. Plur. *ջուրց*.

c. Dativus.

Der Dativus ist im Singularis und Pluralis gleichlautend mit dem Genitive; z. B. *Տրդատ Trdat*, Dat. *Տրդատայ*. *մարդ homo*, Dat. *մարդոյ*. *սիրտ cor*, Dat. *սրտի*. *մահ mors*, Dat. *մահու*. *ակն oculus*, Dat. *ական*. *աստղ stella*, Dat. *աստեղ*. *ոտն pes*, Dat. *ոտին*. *օր* (für *աւր*) *dies* Dat. *աւուր*.

Der Genitiv auf *ոջ* bei einigen vocalischen *ո*-Themen gilt ebenfalls als Dativ, da sich Verbindungen, wie *՚ի միում տեղւոջ* 'an einem Orte', *այսպիսում կնոջ* 'einem solchen Weibe' und dergleichen vorfinden, die wegen der gleich zu besprechenden entschiedenen Dativendung *ում* in *միում*, *այսպիսում* etc. als Dative gefasst werden müssen.

Bei einigen vocalischen *ո*- Themen findet sich für den Dativus Singularis noch eine besondere Dativendung *ում*. Das *մ* ist das *m* des sanskr. Anhängepronomens *sma*. Das *ու* steht euphonisch für *ո*; z. B. *այլ alius*, Dat. *այլում*. *այսպիսի talis*, Dat. *այսպիսում*. *մարդ homo*, Dat. *մարդում*. *մի unus*, Dat. *միում*.

Die Themen mit dem Dative auf *ում* bilden auch den einfachen Dativ auf *ոյ*.

f. Ablativus.

Der Ablativus Singularis wird vom starken Nominalthema gebildet durch das Präfix *՚ի*, vor Vocalen *յ*, und die Casusendung *է*,

Dieses է ist die alte Ablativendung *at; t* ist abgefallen und dafür *a* zu է gedehnt.

Die vocalischen ա- und ո-Themen verschmelzen ihr ա und ո mit dem է zu այ und ոյ, die vocalischen ի-Themen lassen ihr ի in dem է vollständig aufgehen, die vocalischen ու-Themen und alle consonantischen Themen fügen է an ihre starke Form an. Sehr selten werfen die vocalischen ու-Themen ihr ու vor dem է ab. Die auf եան auslautenden starken consonantischen Themen vereinfachen diesen ihren Auslaut vor dem է zu են, die auf ին werfen das ի vor dem է ab; z. B. Տրդատ *Trdat*, Abl. 'ի Տրդատայ. մարդ *homo*, Abl. 'ի մարդոյ. բախտ *fortuna*, Abl. 'ի բախտէ. մահ *mors*, Abl. 'ի մահուէ. անուն *nomen*, Abl. յանուանէ. բազմութիւն *multitudo*, Abl. 'ի բազմութենէ. աստղ *stella*, Abl. յաստեղէ. լեառն *mons*, Abl. 'ի լեռնէ für լերնէ.

Bisweilen drängt sich das *m* des schon genannten sanskr. Anhängepronomens *sma* im Ablativus zwischen Thema und Casuszeichen է ein, jedoch nur bei vocalischen Themen, deren Themavocal dann durch das մ verdrängt wird; z. B. աջ *dexter*, յաջմէ *a dextera*; ձախ *sinister*, 'ի ձախմէ *a sinistra*.

Von den ո-Themen, welche den Gen. Sing. auf ոջ mit ջ als Genitivendung bilden, finden sich Ablative auf ոջէ, welcher Form der seltene Genitiv auf ոջ statt des starken Themas auf ո zu Grunde liegt; z. B. կին *mulier*, Gen. կնոջ, Abl. 'ի կնոջէ. տեղի *locus*; Gen. տեղւոջ, Abl. 'ի տեղւոջէ.

Der Ablativus Pluralis ist immer gleichlautend mit dem Gen. Plur. mit dem Präfix 'ի, vor Vocalen յ.

g. Instrumentalis.

Das Zeichen des Instrumentalis Sing. ist bei den vocalischen Themen ւ, welches sich mit den Themavocalen ա, ո, ի zu աւ, ով, իւ verbindet, in dem Themavocale ու aber vollständig aufgeht, bei den consonantischen Themen բ, vor welchem themaauslautendes ն in մ übergeht, ebenfalls բ (neben ւ) bei vielen vocalischen ու-Themen, besonders bei solchen, die im schwachen Thema ein ր als Ersatz des abgefallenen ու haben. Bei diesen drängt sich das Determinativsuffix ն als մ zwischen Themavocal und Instrumentalendung ein.

Existirt zu ein und demselben schwachen Thema neben einem starken Thema auf ո, ի, ու und ին noch ein zweites starkes auf ա (neben ո, ի, ու) und ան (neben ին), so wird der Instrumentalis von letzterem gebildet; z. B.

Տրդատ *Trdat*. Տրդատաւ. մարդ *homo*, մարդով. բախտ *fortuna*, բախտիւ. մահ *mors*, մահու. ակն *oculus*, ակամբ. աստղ *stella*, աստեղբ. օր *dies*, աւուրբ.

տեղի *locus*, st. Th. I. տեղւո, II. տեղեա, Instr. տեղեաւ. զաւակ *proles*, st. Th. I. զաւակի, II. զաւակա, Instr. զաւակաւ. բարձր *altus*, st. Th. I. բարձու, II. բարձա, Instr. բարձամբ. գառն *agnus*, st. Th. I. գառին, II. գառան, Instr. գառամբ.

Der Instrumentalis Pluralis bildet sich praktisch durch Anfügung eines ք an den Instrumentalis sing. Das so entstandene աւք des Instrum. Plur. der vocalischen ա-Themen kann in օք übergehen. Statt des regelmässigen Instrum. Plur. ամբք von consonantischen ա-Themen findet sich bisweilen աւք, welches dann wieder in օք zusammengezogen werden kann.

Etymologisch sind ւ und բ identisch, und in Verbindung zu bringen mit dem alten Präpositionselemente sanskr. *bi*, zend. *bi*, gr. φι. Das ւք und բք des Instr. Plur. ist identisch mit dem sanskr. *bis*, zend. *bis* des pluralen Instrumentalis [1]).

Die von einigen Grammatikern angeführten Casus 'Narrativus und Circumlativus' können nicht als besondere Casus betrachtet werden. Sie bestehen aus dem Ablativus und Instrumentalis mit dem präpositionalen Accusativpräfixe զ. Das Nähere lehrt die Syntax.

Declinationstabelle.

A. Vocalische Declination.

Themen auf ա (vocal. ա-Declin.).

		Singularis.	Pluralis
Nom.		Տրդատ *Trdat*	Տրդատք
Acc.	best.	զ Տրդատ	զ Տրդատս
	unbest.	Տրդատ	Տրդատս
Gen.		Տրդատայ	Տրդատաց

[1]) Bopp. A. a. O. I. 429. Müller. A. a. O. S. 8.

Dat.	Տրդատայ	Տրդատաց
Ablat.	'ի Տրդատայ	'ի Տրդատաց
Instrum.	Տրդատաւ	Տրդատաւք, Տրդատօք.

Thema auf ո (vocal. ո-Declin).

	Singularis.	Pluralis.
Nom.	մարդ *homo*	մարդք
Acc. best.	զմարդ	զմարդս
Acc. unbest.	մարդ	մարդս
Gen.	մարդոյ (կնոջ)	մարդոց
Dat.	մարդոյ, մարդում, (կնոջ)	մարդոց
Ablat.	'ի մարդոյ (կնոջէ)	'ի մարդոց
Instrum.	մարդով	մարդովք.

Thema auf ի (vocal. ի-Declin.).

	Singularis.	Pluralis.
Nom.	բան *verbum*	բանք
Acc. best.	զբան	զբանս
Acc. unbest.	բան	բանս
Gen.	բանի	բանից
Dat.	բանի	բանից
Ablat.	'ի բանէ	'ի բանից
Instrum.	բանիւ	բանիւք.

Thema auf ու I. (vocal. ու-Declin. I.).

	Singularis.	Pluralis.
Nom.	ժամ *tempus*	ժամք
Acc. best.	զժամ	զժամս
Acc. unbest.	ժամ	ժամս
Gen.	ժամու	ժամուց

2*

Dat.	ժամու	ժամուց
Ablat.	'ի ժամուէ, 'ի ժամէ	'ի ժամուց
Instrum.	ժամու	ժամուք.

Thema auf ու II. (vocal. ու - Declin. II.).

	Singularis.	Pluralis.
Nom.	ծանր *gravis*	ծանունք
Acc. best.	զծանր	զծանունս
Acc. unbest.	ծանր	ծանունս
Gen.	ծանու	ծանունց
Dat.	ծանու	ծանունց
Ablat.	'ի ծանուէ	'ի ծանունց
Instrum.	ծանու, ծանումբ	ծանուք, ծանումբք.

Thema auf ո und ա (vocal. ո - ա - Declin.).

	Singularis.	Pluralis.
Nom.	հոգի *spiritus*	հոգիք
Acc. best.	զհոգի	զհոգիս
Acc. unbest.	հոգի	հոգիս
Gen.	հոգւոյ	հոգեաց
Dat.	հոգւոյ	հոգեաց
Ablat.	'ի հոգւոյ	'ի հոգեաց
Instrum.	հոգեաւ	հոգեաւք, հոգեօք.

Thema auf ի und ա (vocal. ի - ա - Declin.).

	Singularis.	Pluralis.
Nom.	երակ *vena*	երակք
Acc. best.	զերակ	զերակս
Acc. unbest.	երակ	երակս
Gen.	երակի	երակաց

Dat.	երակի	երակաց
Ablat.	յերակէ	յերակաց
Instrum.	երակաւ	երակաւք, երակօք.

Thema auf ու und ա (vocal. ու-ա-Declin.).

	Singularis.	Pluralis.
Nom.	բարձր *altus*	բարձունք
Acc. best.	զբարձր	զբարձունս
Acc. unbest.	բարձր	բարձունս
Gen.	բարձու	բարձանց
Dat.	բարձու	բարձանց
Ablat.	'ի բարձուէ	'ի բարձանց
Instrum.	բարձամբ	բարձամբք, բարձաւք, բարձօք.

B. Consonantische Declination.

Themavocal ա (conson. ա-Declin.).

	Singularis.	Pluralis.
Nom.	բարութիւն *bonitas*	բարութիւնք
Acc. best.	զբարութիւն	զբարութիւնս
Acc. unbest.	բարութիւն	բարութիւնս
Gen.	բարութեան	բարութեանց
Dat.	բարութեան	բարութեանց
Ablat.	'ի բարութենէ	'ի բարութեանց
Instrum.	բարութեամբ	բարութեամբք, բարութեաւք, բարութեօք.

Themavocal ե (conson. ե-Declin.).

	Singularis.	Pluralis.
Nom.	աստղ *stella*	աստեղք
Acc. best.	զաստղ	զաստեղս
Acc. unbest.	աստղ	աստեղս
Gen.	աստեղ	աստեղց
Dat.	աստեղ	աստեղց
Ablat.	յաստեղէ	յաստեղց
Instrum.	աստեղբ	աստեղբք .

Themavocal ի and ա (conson. ի-ա-Declin.).

	Singularis.	Pluralis.
Nom.	անձն *persona*	անձինք
Acc. best.	զանձն	զանձինս
Acc. unbest.	անձն	անձինս
Gen.	անձին	անձանց
Dat.	անձին	անձանց
Ablat.	յանձնէ	յանձանց
Instrum.	անձամբ	անձամբք . անձաւք , ան-ձօք .

Themavocal ու (conson. ու-Declin.).

	Singularis.	Pluralis.
Nom.	օր *dies*	աւուրք
Acc. best.	զօր	զաւուրս
Acc. unbest.	օր	աւուրս
Gen.	աւուր	աւուրց
Dat.	աւուր	աւուրց
Ablat.	(յաւուրէ) յօրէ	յաւուրց
Instrum.	աւուրբ	աւուրբք .

C. Unregelmässige Declination.

Von der bisher gegebenen regelmässigen Flexion weichen einige Themen mehr oder minder ab. Sie folgen hier nach den Themavocalen geordnet.

Themavocal *ա*.

		Singularis.	Pluralis.
Nom.		*այր vir*	*արք*
Acc.	best.	*զայր*	*զարս*
	unbest.	*այր*	*արս*
Gen.		*առն*	*արանց*
Dat.		*առն*	*արանց*
Ablat.		*յառնէ*	*յարանց*
Instrum.		*արամբ*	*արամբք* .

		Singularis.	Pluralis.
Nom.		*տէր dominus*	*տեարք*
Acc.	best.	*զտէր*	*զտեարս*
	unbest.	*տէր*	*տեարս*
Gen.		*տեառն*	*տեարց* , *տերանց*
Dat.		*տեառն*	*տեարց* , *տերանց*
Ablat.		*՚ի տեառնէ*	*՚ի տեարց* , *՚ի տերանց*
Instrum.		*տերամբ*	*տերամբք* .

		Singularis.	Pluralis.
Nom.		*տիւ dies*	*տիւք*
Acc.	best.	*զտիւ*	*զտիւս*
	unbest.	*տիւ*	*տիւս*
Gen.		*տուընջեան* , *տւընջեան*	*տուընջեանց* , *տւընջեանց*
Dat.		*տուընջեան* , *տւընջեան*	*տուընջեանց* , *տւընջեանց*

Ablat.	'ի տունջենէ, 'ի տւնջենէ	'ի տունջեանց, 'ի տւնջեանց
Instrum.	տունջեամբ, տւնջեամբ	տունջեամբք, տւնջեամբք.

Für den Genit. Sing. findet sich auch die Form տուընջեան, in welcher, wie auch in տւնջեան der consonantische Charakter des ւ gewahrt ist.

Themavocal ո und ա.

	Singularis.	Pluralis.
Nom.	կին *mulier*	կանայք
Acc. best.	զկին	զկանայս
Acc. unbest.	կին	կանայս
Gen.	կնոջ	կանանց, կանաց
Dat.	կնոջ	կանանց, կանաց
Ablat.	'ի կնոջէ	'ի կանանց
Instrum.	կնաւ, կանամբ	կանամբք.

Themavocal ե.

	Singularis.	Pluralis.
Nom.	քոյր *soror*	քորք
Acc. best.	զքոյր	զքորս
Acc. unbest.	քոյր	քորս
Gen.	քուեր, քեռ	քուերց, քերց
Dat.	քուեր, քեռ	քուերց, քերց
Ablat.	'ի քեռէ	'ի քուերց, 'ի քերց
Instrum.	քերբ	քերբք.

Themavocal ի.

	Singularis.	Pluralis.
Nom.	գիւղ, գեւղ, գեաւղ, գեօղ *vicus*	գիւղք u. s. w.
Acc. best.	զգիւղ u. s. w.	զգիւղս
Acc. unbest.	գիւղ	գիւղս

Gen.	գեղի, գեղջ, գեաւղջ	գեղից, գիւղից
Dat.	գեղի u. s. w.	գեղից, գիւղից
Ablat.	'ի գեղէ, 'ի գեղջէ	'ի գեղից, 'ի գիւղից
Instrum.	գեղիւ, գիւղիւ	գեղիւք, գիւղիւք, գիւղօք

Thema ohne Themavocal.

հայր *pater*, մայր *mater*, եղբայր *frater*.

	Singularis.	Pluralis.
Nom.	հայր	հարք
Acc. best.	զհայր	զհարս
Acc. unbest.	հայր	հարս
Gen.	հօր	հարց, հարանց
Dat.	հօր	հարց, հարանց
Ablat.	'ի հօրէ	'ի հարց, 'ի հարանց
Instrum.	հարբ	հարբք.

Ebenso մայր und եղբայր.

Wie die genannten Irregularia werden auch ihre Composita flectirt.

II. Adjectivum.

Die Adjectiva werden wie die Substantiva flectirt. Viele jedoch namentlich mehrsilbige, welche die Form schwacher consonantischer Themen haben, bleiben ohne jede Flexion. Das Nähere hierüber, sowie über die Stellung der Adjectiva zu den Substantivis lehrt die Syntax.

Comparativus.

Das Comparativsuffix ist գոյն, starkes Thema գունի, flectirt nach der vocalischen ի-Declination. գոյն tritt immer an das schwache Thema. Vocalisch auslautenden Adjectiven wird es einfach angefügt. Die auf ի auslautenden Adjectiva verwandeln vor dem գոյն ihr ի in ե, z. B. ընտանի *familiaris*, Comparativ ընտանեգոյն; consonantisch auslautende Adjectiva schieben vor dem գոյն ein ա ein, z. B. վեհ *magnus, nobilis*, Compar. վեհագոյն, բարձր *altus*, Compar. բարձրագոյն.

Von zwei und mehreren Adjectiven, die in comparativem Sinne zu nehmen sind, erhält in der Regel blos das letzte oder blos das erste das Suffix գոյն.

Dieselbe Comparationsweise, wie bei den Adjectiven findet sich auch bei den Adverbien վերայ *supra*, Compar. վերագոյն.

Das deutsche „als" nach Comparativen und solchen Positiven, welche Comparativ-Begriff haben, wird durch քան mit folgendem bestimmten Accusativ des verglichenen Gegenstandes ausgedrückt: մեծագոյն քան զմարդ 'grösser als der Mensch'.

Ob das գոյն das sanskr. Comparativsuffix *íyans* (griech. ιων) oder ein nach Art der Composita determinativa mit dem Adjectivum verbundenes Substantivum գին *pretium* (starkes Thema գնո) oder das sanskr. *guṇá* '*virtus*', oder das persische گون *color* ist, bleibt für die praktische Grammatik ohne Bedeutung [1]).

Superlativus.

Der Superlativus, für welchen das Armenische kein eigenes Suffix hat, wird ausgedrückt durch den Comparativus, durch doppelte Setzung des Positivus; z. B. մեծ մեծ, auch մեծամեծ *maximus, permagnus*, durch Vorsetzung der Wörter ամէն *omnis*, գեր *valde*, մեծ *magnus*, եռ *tres*, mittelst eines ա; z. B. ամենահարուստ *ditissimus, valde dives*, գերալիր *plenissimus, valde plenus*, մեծանուն *gloriosissimus, valde gloriosus*, եռամեծ *maximus, permagnus*, endlich durch Vorsetzung von յոյժ *multus magnus*, կարի *nimis*, und ähnlicher Wörter, aber ohne das Verbindungs-ա; z. B. յոյժ մեծ *valde magnus*, կարի մեծ *nimis magnus*.

---

1) Vergl. Bopp. A. a. O. II. 52.

III. Numerale.

I. Numeralia cardinalia [1]).

մին, մէն, մի, մու; եզ 1
մին, մինի, մինում } in der Regel
մէն, մէնի, մինի } nicht flectirt
մի, միոյ und միոջ, միում
մու, մոյր, մում in der Regel
nicht flectirt
եզ, եզոյ und եզոյր
երկուք, երկու, երկ 2
երկու und երկուք, երկուց
երկ, երկկց
երեք, եռ, երր 3
երեք, երից
եռ, եռի ist selten
երր nur in Zusammensetzungen
չորք, չորս, քառ 4
չորք, չորից
քառ, քառի
հինգ, հինգք 5
հինգ, հինգի, հինգիւ, հինգաւ
վեց, վեցք 6
վեց, վեցի, վեցիւ
եւթն (իւթն, եաւթն, եօթն) 7
եւթանք. եւթեանք
եւթն, եւթնի, եւթնիւ und
եւթան, եւթամբ, եւթեամբ
ութ, ութք 8

ութ, ութի, ութիւ
ինն, ինունք, իննունք 9
ինն, ըննի, ըննիւ
ինունք, ինունց, ինանց
իննունք, իննուց, ըննից
տասն, տասունք 10
տասն, տասին, տասամբ
տասունք, տասանց, տասամբք
մետասան 11
երկոտասան 12
երեքտասան 13
չորեքտասան 14
հնգետասան 15
վեշտասան 16

Die Cardinalia von 11—16 werden gebildet durch Zusammensetzung der Grundzahlen 1—6 mit տասան ohne die Copula և. Sie flectiren sich nach der vocalischen ի-Declination; z. B. մետասան, Gen. մետասանի, Instr. մետասանիւ

եւթնետասան, եւթնուտասան 17
եւթնուտասանք
ութետասան, ութուտասան 18
ութուտասանք

---

[1]) In vorstehender Tabelle sind zu den Grundzahlen die starken Themen, so wie einzelne zur Kenntniss der Flexion nöthige Casus hinzugefügt.

իննևտասն, իննուտասն 19

իննուտասանք

Die Cardinalia 17, 18, 19 werden gebildet durch Zusammensetzung der Einer 7, 8, 9 mit տասն mittelst der Copula և, ու. Beide Theile können flectirt werden, oder es wird blos das տասն flectirt.

քսան 20

քսան, քսանի, քսանիւ

երեսուն 30

քառասուն 40

յիսուն 50

վաթսուն 60

եւթանասուն 70

ութսուն 80

իննսուն 90

Die Zahlen von 30—90 flectiren sich ganz nach der vocalischen ի-Declination mit Ausfall des ու in սուն.

In den zusammengesetzten Zahlen 21, 22 u. s. w. stehen die Zehner voran und folgen die Einer mittelst և. Beide Theile werden flectirt, oder blos der letzte.

հարիւր 100

հարիւր, հարիւրոյ u. հարիւրի

երկուհարիւր, երկերիւր 200

երեքհարիւր 300

չորեքհարիւր 400

հինգհարիւր 500

վեցհարիւր 600

եւթնհարիւր 700

ութհարիւր 800

իննհարիւր 900

In den Zahlen 200—900 werden beide Theile oder blos der letzte flectirt. Stehen aber die Einer in diesen Zusammensetzungen nach der Hundertzahl, z. B. հարիւր հինգ für հինգհարիւր, dann werden beide Theile flectirt. Folgen nach den Hunderten noch Zehner oder Zehner und Einer — mittelst և oder ohne dieses — so wird blos der zuletzt stehende Zahltheil flectirt.

հազար 1000

հազար, հազարի, հազարիւ, հազարաւ

երկու հազար 2000

երեք հազար u. s. w. 3000

բիւր, բեւր 10.000

բիւր, բիւրի, բիւրոյ und բիւրու

մետասան հազար 11.000

քսան հազար 20.000

հարիւր հազար 100.000

Flexion und Zusammensetzungen mit kleineren Zahlen, wie bei 200—900.

Neben der Zusammensetzung քսան հազար 20.000 u. s. w. ist noch eine andere mit բիւր 10.000 gebildete im Gebrauche, z. B. բիւրքհինգ 50.000, oder mit Nachstellung von բիւր, z. B. երկոտասանբիւր 120.000 u. s. w.

Etymologische Bemerkungen [1]).

մին, մէն sind in Verbindung zu bringen mit μόνος, μία, beide vielleicht mit dem sanskr. *manâk* 'wenig'. մի ist aus մին durch Abfall des ն, մու aus մի durch Schwächung des ի in ու entstanden; եզ aus dem sanskr. *eka*.

երկուք steht für *edvuq́*; dieses ist identisch mit dem sanskr. *dva*. երկու ist alter Dualis, երկ Schwächung desselben.

երու, երեք ist entstanden aus dem sanskr. *tri* durch Abfall des *t* und Annahme eines ե als Vorschlaglautes.

չորք aus dem sanskr. *ćatvâr* zusammengezogen; in չորս ist das ս Vertreter der Sanskritendung *as*; քառ ist armenische Umbildung des *vâr* von *ćatvâr*; das *ćat* ist abgefallen.

հինգ sanskr. *páńćan*. վեց aus sanskr. *śaś* (ursprünglich *kśaś*) mit Unterdrückung von *ś (kś)*. Das վ ist vermittelt durch das *v* im zend. *kśvaś*.

իւթն, եւթն aus sanskr. *saptan* durch Abfall des *s*, Übergang des *p* in ւ und Aspirirung des *t* zu *th*.

ութ sanskr. *aśtan*. ինն, starkes Thema ինան aus sanskr. *návan* mit Unterdrückung des *v* und Vorschlag ի. տասն sanskr. *dáśan*.

Die Zahlen 20—90 sind Multiplicativa. Zu bemerken ist besonders die Schwächung des ա, das in քսան erhalten ist, zu ու in երեսուն und den folgenden und die Verstümmelung des հինգ zu յի in յիսուն.

բիւր hängt zusammen mit dem griech. μύριοι. Für հարիւր findet sich keine Verwandtschaft.

2. Numeralia ordinalia.

մի նախ, նախնի, նախկին առաջին, առաջնորդ առաջներորդ	der erste	երկրորդ, երկիր	der zweite
		երրորդ, երիր	der dritte
		քառորդ, չորրորդ, չորիր	der vierte

1) Vergl. Bopp. A. a. O. II. 55 folg. Windischmann „die Grundlage des Armenischen im arischen Sprachstamme" 29 folg.

հինգերորդ	der fünfte	ութերորդ	der achte
վեցերորդ	der sechste	իններորդ	der neunte
եւթներորդ	der siebente	տասներորդ	der zehnte

Die Ordinalia 11—19 werden gebildet durch Anfügung von երորդ an die Cardinalia, z. B. չորեքտասաներորդ der vierzehnte, oder durch Setzung der Ordinalform der Einer nach dem Ordinale տասներորդ; z. B. տասներորդ առաջներորդ der elfte, տասներորդ երկրորդ der zwölfte. Im ersten Falle wird blos der letzte Theil, im andern werden beide Theile flectirt.

Die Ordinalia von 20 an werden ebenfalls durch Anhängung von երորդ an die Cardinalia gebildet, wobei das ու der letzten Silbe der Cardinalia von 30—90 ausfällt; z. B. երեսներորդ der dreissigste, հարիւրերորդ der hundertste, հազարերորդ der tausendste.

Die Zehner und Einer der zusammengesetzten Zahlen, in denen jene immer voranstehen, stehen beide in der Ordinalform und werden beide flectirt, oder es stehen blos die Einer als letzter Theil der Zusammensetzung in der Ordinalform und werden allein flectirt, und sind in diesem Falle den Zehnern mittelst և angefügt.

Flectirt werden die Ordinalia nach der vocalischen ի-Declination, neben welcher sich im Instrumentalis regelmässig die vocalische ա-Declination einstellt.

Das zur Bildung der Ordinalia dienende երորդ ist zu zerlegen in եր und որդ, das ր von եր ist alte noch beim Pronomen verfindliche Genitivendung, das ե ist Bindevocal. որդ ist nach Petermann [1]) das Substantivum որդ 'Sohn', oder nach Bopp [2]) das sanskr. *ard'a-s* (Wurzel *ărd'*, *ṛd'* wachsen) 'Hälfte, Theil, Ort, Gegend'. Հինգ-երորդ z. B. heisst demnach so viel als 'Sohn der Fünf' oder 'Ort der Fünf, fünfortig, den fünften Ort einnehmend'.

3. Numeralia multiplicativa.

Die Numeralia multiplicativa werden aus den Num. card. gebildet durch Anhängung von պատիկ, welches wie das որդ der Cardinalia flectirt wird, oder von կին, welches aber selten und flectionslos ist, und von անգամ.

---

1) „Grammatica linguae Armenicae". Berolini 1837. Seite 162.

2) A. a. O. II. 97.

Das կին führt Petermann [1]) auf das griech. κις, z. B. τετράκις, und պատրիկ auf պատել 'einhüllen, umgeben' zurück.

4. Numeralia distributiva.

Die Numeralia distributiva entstehen 1. durch doppelte Setzung der Num. card., 2. durch Anhängung von եան oder ին an die Pluralform der Num. card.

Das եան und ին ist in Verbindung zu bringen mit dem Pronominalstamme *na* 'dieser'; daher z. B. երեքեան, երեքին 'diese zwei, je zwei'.

Die Bildungen mittelst եան und ին flectiren sich doppelt, durch Flexion der Cardinalia und des եան, ին, und zwar des letzteren im Wesentlichen nach der consonantischen Declination mit ու als charakteristischem Vocale; z. B. երեքեան, երեքին, Gen. երեցուն, Accus. զերեսեան, oder es wird blos das եան, ին auf besagte Weise flectirt; z. B. երեքեան, Gen. երեքուն, Dat. երեքում, Instrum. երեքումբ.

5. Die Zahlsubstantiva.

Aus den Num. card. bilden sich durch Anhängung von ակ oder եակ die Zahlsubstantiva als Nomina abstracta entsprechend den im Griech. durch *ας* gebildeten. Die Flexion geschieht nach der vocalischen ի-Declination; im Instrumentalis aber nach der vocalischen ա-Declination.

6. Die Zahladverbien.

Als Zahladverbien fungiren 1. die Num. card. und ord. im Nom. Gen. Accus.; 2. die Genitive der Zahlsubstantiva; 3. eigene Bildungen, bestehend aus den Num. ord. und der Adverbialbildungssilbe բար, welche jenen mittels eines Hilfs- und Bindelautes ա angefügt wird; z. B. երրորդաբար *tertio*.

---

[1]) A. a. O. Seite 164.

IV. Pronomen.

1. Pronomina personalia.

Erste Person *ես* 'ich'.

	Singularis.	Pluralis.
Nom.	*ես*	*մեք*
Accus.	*զիս*	*զմեզ*
Gen.	*իմ*	*մեր*
Dat.	*ինձ*	*մեզ*
Ablat.	*յինէն* (*ինձէն*)	*'ի մէնջ*
Instrum.	*ինև*	*մեւք*, *մեօք*.

Zweite Person *դու* 'du'.

	Singularis.	Pluralis.
Nom.	*դու*	*դուք*
Accus.	*զքեզ*	*զձեզ*
Gen.	*քո*	*ձեր*
Dat.	*քեզ*	*ձեզ*
Ablat.	*'ի քէն*	*'ի ձէնջ*, *'ի ձեզէն*
Intsrum.	*քև*	*ձեւք*, *ձեաւք*, *ձեօք*.

Das Pronomen der dritten Person, dessen Stamm *իւ*, *ե* ist, ist nur reflexiv und in folgenden Casus gebräuchlich: Gen.-Dat. *իւր*, Ablat. *յիւրմէ*, Instrum. *իւրև*. Neben dieser Form existirt noch eine andere nach Art vieler Substantiva abstracta mit *ն* gebildete, von welcher sich ein vollständiger Pluralis vorfindet.

Sing. Gen.-Dat *իւրեան*, Instrum. *իւրեամբ*, *իւրեաւ*.

Plur. Nom. *իւրեանք*, Gen.-Dat. *իւրեանց*, Instrum. *իւրեամբք*.

Neben *իւր* werden noch als dessen Stellvertreter gebraucht die Casus obliqui von *անձն* *anima, persona;* z. B. *յանձին* *in se*, *անձանց* *sui, sibi*.

Etymologische Bemerkungen über die Pronomina personalia[1]).

ես ist identisch mit *aḥam; am* ist abgefallen und *ḥ* in *s* übergegangen. Das *ի* des Accus. Sing. *զիս*, der sonst abgesehen von

[1]) Vergl. Bopp. A. a. O. II. 101 folg. Windischmann. A. a. O. 32 folg.

dem Präfixe զ mit dem Nom. Sing. gleichlautend ist, ist zu erklären aus dem ի als Anlaut der Cas. obliq. von ես. Das Thema der übrigen Casus des Sing. ist իմ, ին, entsprechend dem sanskr. *ma*. Der Gen. իմ ist reines Thema, der Dat. ինձ Thema und ձ; letzteres ist das *y* des sanskr. *hyam*, des Dat. *máhyam* '*mihi*'. Das է des Ablativus (ն ist enclitische Partikel) und das ւ des Instrumentalis (in եւ ist ե Bindevocal) sind schon bei der Declination des Nomens besprochen.

Das Thema des Plur. der ersten Person ist մե, offenbar identisch mit dem Thema der Cas. obliq. des Sing. Das ր des Gen., das sich überhaupt beim Pronomen als Genitivzeichen vorfindet, ist Possessivsuffix und eins und dasselbe mit dem *r* im gothischen *unsa-ra* 'unser'. Dafür spricht auch der Umstand, dass die Genitive der Pron. person. und demonstr. im Armenischen zugleich Adjectiva possessiva sind. Das զ von մեզ ist auch hier herzuleiten aus sanskr. *y* (vergl. sanskr. *asmabyam* '*nobis*').

դու, sanskr. *tvám*. Das ք der Cas. obliq. des Sing. ist Erhärtung des *v* in *tvam* nach Abfall des *t*. Das ձ der Cas. obliq. des Plur. ist das sanskr. *y*, welches im Plur. des Pron. der zweiten Person anlautet. Für das զ in քեզ und ձեզ ist zu erinnern an das sanskr. *y* in *túbhyam* '*tibi*' und *yushmábhyam* '*vobis*'. Die übrigen Casuszeichen sind schon erörtert.

In իւր ist ր Possessivsuffix wie in մեր, ձեր, bleibt aber merkwürdiger Weise auch im Ablat. und Instrum. իւ ist Stamm, identisch mit dem sanskr. Reflexivstamme *sva* mit Abfall des *s*. ի ist Vorschlagslaut.

2. Demonstrativa.

a) Pronomina demonstrativa.

Im Armenischen gibt es neun Pronomina demonstrativa, von denen je drei durch gleiche Bildung enge zusammengehören:

1. սա, դա, նա, 2. այս, այդ, այն, 3. սոյն, դոյն, նոյն.

Die Gebilde mit ս bezeichnen die Nähe, die mit դ die geringere und die mit ն die weitere Entfernung. Dieser strenge Unterschied der Bedeutung ist im Sprachgebrauche nicht immer festgehalten.

Singularis.

Nom.	սա *hic*	դա *iste*	նա [1]) *ille*
Accus.	զսա	զդա	զնա
Gen.	սորա	դորա	նորա
Dat.	սմա (սմին)	դմա	նմա
Ablat.	'ի սմանէ	'ի դմանէ	'ի նմանէ
Instrum.	սովաւ	դովաւ	նովաւ .

Pluralis.

Nom.	սոքա (սայք)	դոքա (դայք)	նոքա (նայք)
Accus.	զսոսա (զսայս)	զդոսա (զդայս)	զնոսա (զնայս)
Gen.-Dat.	սոցա (սայց)	դոցա (դայց)	նոցա (նայց)
Ablat.	'ի սոցանէ	'ի դոցանէ	'ի նոցանէ
Instrum.	սոքաւք , սոքօք	դոքաւք , դոքօք	նոքաւք , նոքօք .

Singularis.

Nom.	այս *hic*	այդ *iste*
Accus.	զայս	զայդ
Gen.	այսր , այսորիկ	այդր , այդորիկ
Dat.	այսմ , այսմիկ	այդմ , այդմիկ
Ablat.	յայսմանէ	յայդմանէ
Instrum.	այսու , այսուիկ	այդու , այդուիկ .

Pluralis.

Nom.	այսք , այսոքիկ	այդք , այդոքիկ
Accus.	զայսս , զայսոսիկ	զայդս , զայդոսիկ
Gen.-Dat.	այսց , այսոցիկ	այդց , այդոցիկ
Ablat.	յայսց , յայսցանէ	յայդց , յայդցանէ
Instrum.	այսոքիւք , այսոքիմբք	այդոքիւք , այդոքիմբք .

	Singularis.	Pluralis.
Nom.	այն *ille*	այնք , այնոքիկ
Accus.	զայն	զայնս , զայնոսիկ
Gen.	այնր , այնորիկ	այնց , այնոցիկ

---

[1]) նա mit dem enklitischen ն lautet նայն , Gen. նորայն , Plur. Nom. նայնք Gen. նայնց .

Dat.	այնմ, այնմիկ	այնց, այնոցիկ
Ablat.	յայնմանէ	յայնց, յայնցանէ
Instrum.	այնու, այնուիկ	այնոքիւք, այնոքիմբք.

Singularis.

Nom.	սոյն *hic*	դոյն *iste*
Accus.	զսոյն	զդոյն
Gen.	սորին	դորին
Dat.	սմին	դմին
Ablat.	nicht belegt	
Instrum.	սովին, սովիմբ	դովին, դովիմբ.

Pluralis.

Nom.	սոքին	դոքին
Accus.	զսոսին	զդոսին
Gen.-Dat.	սոցուն, սոցունց	դոցուն, դոցունց
Ablat.	'ի սոցունց	'ի դոցունց
Instrum.	սոքիմբք, սոքումբք	դոքիմբք, դոքումբք.

	Singularis.	Pluralis.
Nom.	նոյն *ille*	նոքին
Accus.	զ՚նոյն	զ՚նոսին
Gen.	նորին	նոցուն, նոցունց
Dat.	նմին	նոցուն, նոցունց
Ablat.	nicht belegt	'ի նոցունց
Instrum.	նովին, նովիմբ	նոքիմբք, նոքումբք.

Ausser dieser Flexion von սոյն, դոյն, նոյն findet sich noch eine andere nach der vocalischen ի-Declination, und bei späteren Schriftstellern noch eine dritte nach der vocalischen ո-Declination, bei welcher letztern das ոյ des Stammes in ու übergehen kann. Beide Arten der Flexion sind auch bei այս, այդ, այն vorfindlich.

b) Demonstrativpartikeln.

Die Demonstrativpartikeln ս, դ, ն, von welchen das letzte sich am häufigsten vorfindet, werden als Affixe den Nominibus, selbst Pronominibus angefügt. Ein Unterschied der Bedeutung lässt sich bei ihnen im classischen Sprachgebrauche nicht mehr feststellen.

Sie haben wohl ursprünglich den Zweck, das Wort, welchem sie angefügt sind, vor andern hervorzuheben, den damit ausgedrückten Gegenstand als im allgemeinen oder durch das Vorhergehende bekannt zu bezeichnen, und so als schwache Demonstrativa '*hic*, *iste*, *ille*' den Artikel des Griechischen und Deutschen zu ersetzen. Aber schon in der classischen Sprache, selbst bei den besten Schriftstellern, z. B. bei Moses von Chorene, hat ihr Gebrauch so überhand genommen, dass man ihnen blos mehr im allgemeinen die Bedeutung von Demonstrativpartikeln beilegen kann.

Die Pronomina demonstrativa *այս*, *այդ*, *այն*, *սա*, *դա*, *նա*, so wie die Demonstrativpartikeln *ս*, *դ*, *ն* sind die Demonstrativstämme *sa*, *ta*, *na*. In *սոյն*, *դոյն*, *նոյն* haben wir eine Zusammensetzung der genannten mit dem Pronominalstamme *na*. Ausser den gewöhnlichen Flexionsendungen greifen noch in die Declination dieser Pronomina ein:

1. als Anhängepronomen das sanskr. Demonstrativpronomen *a*, z. B. *սոր-ա*;

2. in einzelnen Casus von *այս*, *այդ*, *այն* das Pronominale *իկ*; *ի* ist Bindevocal, *կ* ist identisch mit *c* im Lateinischen *hi-c*, *hun-c*.

3. Pronomina possessiva.

Als Pronomina possessiva für die 1. und 2. Person Sing. und Plur. dienen:

1. Die Genitive Sing. und Plur. der entsprechenden Pron. personalia, wie im Griechischen.

2. Dieselben Genitive als Adjectiva possessiva mit eigener *ո*-Declination: *իմ meus*, *քոյ* (für *քո*) *tuus*, *մեր noster*, *ձեր vester*, Gen. *իմոյ*, *քոյոյ*, *մերոյ*, *ձերոյ*, Dat. wie Gen. und *իմում*, *քում*, *մերում*, *ձերում*, Ablat. regelmässig *յիմոյ*, *'ի քոյոյ* u. s. w., und *յիմմէ*, *'ի քումմէ* u. s. w.

3. Die von den genannten Genitiven gebildeten Adjectiva possessiva: *իմոյին meus*, *քոյին tuus*, *մերոյին noster*, *ձերոյին vester*, welche aber nicht flectirt werden, und *իմային meus*, *մերային noster*, *ձերային vester*, Gen. *իմայնոյ*, oder mit Abfall des *ն* auch Gen. *իմայոյ* u. s. w. nach der vocalischen *ո*-Declination.

Als Pronomen possessivum für die 3. Person dienen:

a) Im reflexiven Gebrauche:

1. die Genitive *իւր* und *իւրեանց suus*,

2. der Genitiv իւր als Adjectivum possessivum mit vocalischer ո-Declination: իւր *suus*, Gen. իւրոյ, Dat. իւրում u. s. w.

3. Die Gebilde իւրոյին (ohne Flexion), իւրային und իւրեանցային flectirt wie իմային.

b) Im nicht-reflexiven Gebrauche

1. Die Genitive, Sing. und Plur. der Pronomina demonstrativa.

2. Dieselben Genitive als Adjectiva possesiva mit eigener ո-Declination. Die auf ա auslautenden können das ա zu այ dehnen; vor Antritt einer Casusendung, die mit einem Vocale beginnt, ist diese Dehnung nothwendig. սորա und սորայ 'sein', Gen. սորայոյ. նորին Gen. նորինոյ u. s. w.

3. Die Gebilde սորային, սոցային u. s. w., Gen. սորայնոյ.

Ausserdem können die Demonstrativpartikeln ս, դ, ն im Zusammenhange die Bedeutung von Pron. possess. haben.

In Betreff des Bildungselementes ային, յին ist hinzuweisen auf das sanskr. Possessivsuffix *tya*.

4. Pronomina interrogativa.

Das gebräuchlichste Pron. interrog. ist ո՞, ո՞վ.

	Singularis.	Pluralis.
Nom.	ո՞, ո՞վ	ո՞յք
Accus.	զ ո՞, զ ո՞վ	զ ո՞ս
Gen.	ո՞յր	ո՞յց
Dat.	ո՞ւմ	ո՞յց
Ablat.	յո՞ւմէ, յո՞ւմմէ	յո՞յց
Instrum.	nicht belegt	nicht belegt.

Ein zweites Pron. interrog. ի՞ ist selten und findet sich blos im Sing.

Nom.	ի՞	Gen.	է՞ր	Ablat.	'ի մէ՞
Accus.	զի՞	Dat.	ի՞մ, հի՞մ	Instrum.	իւ՞.

Ein drittes Pronomen interrog. ի՞նչ in der Bedeutung *quid?* hat blos die Formen զ ի՞նչ und յի՞նչ.

Bopp [1]) erklärt ի՞ durch den sanskr. Interrogativstamm *ki*, ո՞ aus dem vedischen *káya*, ի՞նչ aus dem sanskr. *kiń-ćit*. Das վ in ո՞վ ist wohl nur euphonisches Anhängsel.

[1]) A. a. O. II. 216 folg.

5. Pronomen relativum.

Das Pronomen relativum ist որ, starkes Thema որո.

	Singularis.	Pluralis.
Nom.	որ	որք
Accus.	զ որ	զ որս
Gen.	որոյ	որոց
Dat.	որում	որոց
Ablat.	յորմէ	յորոց
Instrum.	որով	որովք.

Nach Bopp [1]) ist das ո in ո-րո Vorschlag, րո der Relativstamm *ya* das Sanskr. und Zend. Der Übergang des *y* in armenisches *l* ist belegt, der Wechsel von *l* und *r* in den indogermanischen Sprachen und die Verdunkelung des sanskr. *a* in armenisches ո sind sehr häufig.

6. Pronomen definitum.

Das Pron. definitum lautet ինքն, starkes Thema ինքեան, flectirt nach der consonantischen ա-Declination, und entspricht seiner Bedeutung nach dem lat. *ipse*. In dieser Bedeutung wird es auch andern Pronominibus nachgesetzt; z. B. ես ինքն *ego ipse*, նա ինքն *ille ipse*. Ebenso findet sich անձն in der Bedeutung *ipse* gebraucht.

Der erste Theil ին ist zurückzuführen auf den sanskr. Demonstrativstamm *and*, das քն auf das sanskr. *svayám* 'selbst' [2]).

7. Pronomina indefinita.

Pronomina indefinita gibt es im Armenischen fünf: ոք, ումն in der Bedeutung *aliquis* und իք, իմն, ինչ in der Bedeutung *aliquid*. Alle werden substantivisch und adjectivisch gebraucht. ոք und ումն werden oft abundirend mit andern Pronominibus, besonders dem Pron. interrog. verbunden; z. B. ով ոք *qui?* ով ումն, ոչ ոք ոմանք. իմն entbehrt der Flexion; ինչ, st. Th. ընչ, flectirt sich nach der vocal. ի-Declin. Die drei andern folgendermassen:

	Singularis.		
Nom.	ոք	ումն	իք
Accus.	զոք	զումն	զիք

[1]) A. a. O. II. 198.

[2]) Bopp. A. a. O. II. 130.

Gen.	ուրուք	ուրումն	իրիք
Dat.	ումեք	ումեմն	իմիք
Ablat.	յումեքէ	յումեմնէ	յիմիքէ
Instrum.	fehlt	ոմամբ	իւիք.

ոք und իք bilden keinen Pluralis; der von ոմն ist ոմանք. զ ոմանս, ոմանց, յոմանց, ոմամբք.

In ոք und իք ist ո und ի das Pron. interrog.; das ք das *v* des zend. *ava* 'dieser'.

Ebenso ist das Pron. interrog. in dem ո und ի von ոմն und իմն zu erkennen; das մն, starkes Thema ման, ist eine sonst häufige Bildungssilbe für Nom. abstracta.

Über ինչ siehe beim Pron. interrogativum.

8. Pronomina reciproca.

Die Pronomina reciproca միմեանց und իրերաց finden sich blos in den Cas. obliq. des Pluralis:

Accus. զ միմեանս, զ իրեարս — Gen.-Dat. միմեանց, իրերաց
Ablat. 'ի միմեանց, յիրերաց — Instrum. միմեամբք, իրերաւք, իրերօք.

Das erste ist Verdopplung des Numerale մի, das andere des Pron. pers. իւր mit Schwächung des ի und իւ zu ե im zweiten Theile der Composition.

9. Pronomina collectiva.

1. այլ, sanskr. *anyá*, griech. ἄλλος, *alius*, Gen. այլոյ, Dat. այլում, Ablat. յայլմէ, sonst regelmässig nach der vocalischen ո-Declination.

2. միւս, մեւս, aus մի und եւս *alter*, Gen. միւսոյ u. s. w., wie այլ.

3. und 4. երկաքանչիւր ἑκάτερος *uterque*, und իւրաքանչիւր *unusquisque* gehen beide nach der vocalischen ո-Declination.

Das Substantivum անձն, անգն *anima*, *persona* ist nicht in diesen Wörtern zu suchen [1]), sondern քանչ ist in Verbindung zu bringen mit dem sanskr. *kińćana* '*aliquis*, *ullus*'. երկ ist Zahlwort, իր wohl das Substant. իր *res*, իւր das Pron. person.

5. անձնիւր, անգնիւր *unusquisque* aus անձն, անգն *anima persona* und իւր wird blos im Pluralis flectirt, entweder durch

[1]) Petermann. A. a. O. 182.

unmittelbares Antreten der Casuszeichen ք, ց, ս, wobei auch իւ in ե übergehen kann oder ganz nach der vocalischen ո-Declination.

6. ամէն *omnis*, Gen. ամենի, Dat. ամենում u. s. w. nach der vocalischen ի-Declination.

7. ամենայն *omnis* aus ամէն und այն, im Sing. regelmässig ամենայնի u. s. w.

Pluralis.

Nom. ամենայնք, ամենեքեան, ամենեքին
Accus. զամենայնս, զամենեսեան, զամենեսին
Gen.-Dat. ամենայնց, ամենայնից, ամենեցուն, ամենեցունց
Ablat. յամենայնց u. s. w. wie Gen. mit dem Präfixe յ
Instrum. ամենայնիւք, ամենեքումբք.

8. բոլոր ὅλος, Gen. բոլորի und բոլորոյ u. s. w. Im Instrumentalis finden sich neben բոլորով noch բոլորովին und բոլորովիմբ mit dem Pronominalstamme ն *na*, jedoch nur in adverbialem Gebrauche. Dasselbe ն findet sich auch in dem zweiten, neben dem regelmässigen բոլորք gebrauchten Plurale:

Nom. բոլորեքեան, բոլորեքին
Accus. զբոլորեսեան, զբոլորեսին
Gen.-Dat. բոլորեցուն, բոլորեցունց
Instrum. բոլորեքումբք.

9. համակ von *sama* und der Bildungssilbe ակ für Nom. abstracta, eigentlich 'Gesammtheit', dann 'ganz, *totus, universus*' ohne Flexion.

10. համայն von *sama* und այն *totus*, Gen. համայնի u. s. w.

11. ընաւ *totus*, Gen. ընաւի u. s. w.

10. Pronomina correlativa.

Die Pronomina correlativa werden gebildet durch Zusammensetzung des Pron. demonstr. այս, նոյն, նա, und relat. mit den Substantivis պէս *modus*, քան *quantitas*, չափ *mensura*.

այսպէս u. այսպիսի, Gen. այսպիսոյ u. այսպիսւոյ u. s. w. *hujusmodi. talis*, որպէս որպիսի *qualis modi, qualis.*
այսքան, Gen. այսքանոյ *hujus quantitatis, tantus.*
որքան *cujus quantitatis, quantus.*
այնչափ *hujus mensurae, tantus;* որչափ *cujus mensurae, quantus.*

Ebenso նոյնպէս, նոյնքան, նոյնչափ u. s. w.

V. Verbum.

A. Regelmässiges Verbum.

I. Im allgemeinen.

1. Conjugationseintheilung und Stammbildung.

Die armenischen Verba werden im Infinitiv citirt. Die Infinitivendung ist լ. Das armenische Verbum hat 4 Conjugationen nach den zum Stamme gehörenden Classen- oder Conjugationsvocalen ե, ա, ու, ի; z. B. գերել *capere*, աղալ *molere*, թողուլ *sinere*, խօսիլ *loqui*.

Die Classenvocale ե, ա, ու — entweder blos Classenvocale oder Wurzel- und Classenvocale zugleich, wie z. B. in տալ *dare*, sanskr. *da* (für die Behandlung ohne Bedeutung) — entsprechen dem Classenvocale *a* der I. und VI. Sanskr.-Conjugation, wenn sie allein mit der Wurzel den Präsensstamm bilden, und sind in diesem Falle ե und ու Schwächung von ա. Das ու könnte etwa auch das zur Wurzel gefügte *u* der VIII. Sanskr.-Conjugation sein. Dieses skr. *u* ist Verstümmelung von *nu*, offenbar wegen des Schlussnasalen der nach VIII. conjugirten Sanskrit-Wurzeln, so dass die VIII. Sanskr.-Conjugation eine blosse Unterabtheilung der V. Sanskr.-Conjugation ist. Die Zahl der Verba der armenischen ու-Conjugation überwiegt zudem bedeutend die Zahl der 8 Wurzeln der VIII. Sanskr.-Conjugation, daher denn wohl auch letztere im Armenischen nicht zu suchen, sondern ու als Schwächung von ա anzusehen ist.

Neben den einfachen Präsensstämmen, welche aus Wurzel- und Classenvocal bestehen, gibt es noch solche, welche durch Bildungssilben vermehrt sind. Diese Silben sind:

a) նե, ursprünglich նա, sanskr. *ana*, griech. *ανω*, gewöhnlich in der Form անե, selten unmittelbar an die Wurzel angefügt. Diese Bildung entspricht der IX. Sanskr.-Conjugation; z. B. հարցանել *quaerere*, հարց-անե-լ. խառնել *miscere*, խառ-նե-լ.

b) նա, Bildungssilbe der Verba denominativa, in der Form անա und ենա; z. B. բռնանալ *dominare*, բռն-անա-լ. մերձենալ *appropinquare*, մերձ-ենա-լ;

Zwischen նե und նա ist wohl zu unterscheiden. Beide Silben können auch wurzelhaft sein.

c) նու, sanskr. *nu* der V. Conj., immer der Wurzel unmittelbar angefügt; z. B. քաղցնուլ *fame laborare*, քաղց-նու-լ. ընկենուլ *jacere, rejicere*, ընկե-նու-լ.

d) չ und նչ, entsprechend zum Theil der Form, aber nicht der Bedeutung nach den griechischen Bildungen auf σκω, unmittelbar oder mittels eines ա der Wurzel angefügt; z. B. փախչիլ *fugere*, փախ-չի-լ. երկնչիլ *timere*, երկ-նչի-լ, ճանաչել *cognoscere*, ճան-աչե-լ. մեղանչել *peccare*, մեղ-անչե-լ.

Wie diese Beispiele zeigen, nehmen die Bildungen mit չ und նչ zum Classenvocale ե und gewöhnlich ի.

Die in diesen Bildungen auf նե, անե, անա, ենա, նու, չե, չի, նչե, նչի, աչե, անչե auslautenden Vocale ե, ա, ու, ի gelten als Classenvocale dieser vermehrten Stämme.

Ob das ե, welches sich im Passiv des Aoristus II. vieler vermehrten Stämme zwischen Wurzel und Personalendung eindringt, wurzelhaftes, im vermehrten Präsensstamme abgefallenes Element oder ein euphonisches Einschiebsel in der Weise eines dem folgenden Vocale ա sich anlehnenden յ ist, lässt sich wohl nicht ausmachen.

Die IV. Conjugation mit dem Classenvocale ի ist im allgemeinen als Passivum anzusehen, obgleich sehr viele Verba neutra und deponentia nach ihr flectirt werden. Sie entspricht dem sanskr. Passivum, und hat von dem Passivcharakter *ya* das *a* aufgegeben und das *y* zu ի vocalisirt, welches sich den einfachen und vermehrten Präsensstämmen mit Unterdrückung der Classenvocale ե, ա, ու anschliesst. Das ու der Verba der III. Conjugation bleibt jedoch oft bei Antritt des ի stehen in der Form ուի.

Der Passivcharakter ի ist blos im Präsens und in der 3. Person Sing. Imperfecti ersichtlich; in den übrigen Temporibus und Personen des Imperfecti fällt er ab.

Die Sanskr.-Conjugationen II, III, IV, VII, VIII sind nach diesen Erörterungen im Armenischen nicht vertreten; die X. Sanskr.-Conjugation werden wir im armenischen Aoristus I. wieder finden.

2. Tempora und Modi.

Das armenische Verbum hat vier einfache Tempora: Präsens, Imperfectum, Aoristus, Futurum. Vom Aoristus und Futurum existiren doppelte Formen, aber so, dass von derselben Wurzel entweder nur die ersten oder nur die zweiten vorkommen. Von vielen einfachen Präsensstämmen bildet sich neben dem Aoristus I. noch das Participium Aoristi II. — aber auch nur dieses — von derselben Wurzel. Der Aoristus II. unterscheidet sich vom Aoristus I. dadurch, dass er unmittelbar von der Wurzel, dieser aber mittels eines Bildungselementes *ց* von der Wurzel gebildet wird. Die Futura werden auf ein und dieselbe Weise von den Aoristen gebildet.

Da die Aoristi und Futura von der Wurzel des Verbums gebildet werden, so fällt in ihnen der Conjugationsunterschied weg — ein Unterschied besteht in ihnen blos mehr zwischen Activum und Passivum, und zwar in den Hilfslauten zur Anfügung der Personalendungen — und heissen sie desshalb Tempora generalia, im Gegensatze zu Präsens und Imperfectum, welche Tempora specialia genannt werden, weil in ihnen nach den Classenvocalen auch ein Unterschied der Conjugationen besteht.

Aoristus I. und Futurum I. nehmen nach den einmal vorliegenden Gesetzen ihrer Bildung von der praktischen Seite aus betrachtet eine Mittelstellung zwischen Tempora generalia und specialia ein, in so fern der Hilfsvocal, der zur Anfügung des *ց* des Aorist I. an die Wurzel benutzt wird, bei den einfachen Präsensstämmen der I. Conjugation in der Regel, der II. Conjugation immer mit dem entsprechenden Classenvocale *ե*, *ա* übereinstimmt. Genannter Hilfsvocal ist aber nicht der Classenvocal selbst, sondern das *a* von *aya* der X. Sanskr.-Conjugation; jedoch wird der Laut *ե* als Classenvocal der I. Conjugation zur Schwächung des *a* zu *ե* bei den Verbis dieser Conjugation beigetragen haben. Auf der Spaltung des sanskr. Hilfslautes *a* von *aya* zu *ե* und *ա* und der Gleichlautung dieser mit den Classenvocalen der armenischen I. und II. Conjugation, und nicht auf Beibehaltung der Classenvocale beruht demnach der (somit scheinbare) Conjugationsunterschied im Aorist I. und Fut. I. Zieht man noch in Betracht, dass genannter Conjugationsunterschied, wenn er ein factischer wäre, doch nur bei den einfachen Präsensstämmen der I. und II. Conjugation sich zeigt; dass die Einschiebung eines Hilfslautes unterbleibt im Aoristus I., wenn dem Classenvocale des einfachen Präsensstammes ein radicaler Vocal vorhergeht, wie in կեալ *virere*, Aor. I կե-ցի, nicht կեացի; dass die Verba der III. Conjugation das ց des Aor. I. unmittelbar an die Wurzel anfügen; dass die einfachen Verba der IV. Conjugation ein ե als Hilfsvocal im Aoriste haben statt ihres Classenvocals ի; und endlich, dass die mit նա augmentirten Präsensstämme — die mit նե, չ, նչ vermehrten bilden blos den Aoristus II. — den dem նա vorhergehenden Vocal im Aoristus I. beibehalten, welcher Vocal nicht Classenvocal ist, so kommt man zu dem Schlusse, dass Aoristus I. und Futurum I. im Armenischen als Tempora generalia zu gelten haben.

Ausser den vier einfachen Temporibus gibt es im Armenischen noch sechs Tempora composita. Über diese später im besonderen.

Modi hat das Armenische fünf: Indicativus für alle Tempora, Conjunctivus für Präsens und zuweilen Imperfectum, Imperativus für Präsens, Aoristus und Futurum, Infinitivus und Participium für Präsens, Aoristus und Futurum.

Numeri hat das Armenische zwei: Singularis und Pluralis; jeder von diesen hat drei Personen.

3. ց als Bildungsmittel für Aoristus, Futurum und Conjunctivus.

Der Buchstabe ց findet sich im Armenischen als Bildungsmittel des Aoristi I, der beiden Futura und des Conjunctivi.

Das ց des Aoristi I. ist das *y* des sanskr. *aya* der X. Conjugation [1]). Die Bedeutung und der Gebrauch des armenischen Aoristi lassen sich mit dieser seiner Entstehungsweise logisch in Einklang bringen.

Die Herleitung des Futurcharakters ց aus dem sanskr. Futurexponenten *sya* liegt sehr nahe, geht aber wegen des durchgreifenden Mangels des *s* von *sya* im armenischen Futurum nicht an; er ist identisch mit dem Conjunctivcharakter ց, und sind beide das *y* der sanskr. Potentialbildungssilbe *yâ*, Wurzel *î* 'wünschen', und ist der Conjunctivus als Potentialis des Präsens und das Futurum als Potentialis des Aoristi zu betrachten. Dazu stimmt das vielfache Inein-

---

[1]) Bopp. A. a. O. I. 374. Windischman. A. a. O. 47.

andergreifen ihrer syntaktischen Funktionen. Andererseits sind Conjunctivus und Futurum grammatisch durch die Gestaltung der Personalendungen und syntaktisch durch den reinen Zukunftsbegriff des Futuri auch wieder von einander verschieden.

Der Conjunctivus Imperfecti, welcher dasselbe ց hat, ist eine spätere Erscheinung.

4. Die Personalendungen des armenischen Verbums.

Im Armenischen sind primäre und secundäre Personalendungen des Verbums zu unterscheiden. Die ersteren werden gebraucht im Präsens (Indicativus und Conjunctivus), die letzteren in den übrigen Temporibus und Modis.

Die ursprünglichen Personalendungen sind:

Singularis: *mi*, *si*, *ti*. Pluralis: *masi*, *tasi*, *nti*.

Die entsprechenden armenischen Primärendungen sind:

Singularis: մ, ս. — Pluralis: մք, ք, ն.

Der Übergang des *mi*, *si*, *nti* in մ, ս, ն ist klar. Das ursprüngliche *ti* der III. Sing. ist abgefallen. In dem մք der I. Plur. ist das ursprüngliche *masi*, sanskr. *mas* zu suchen mit Übergang des *s* in ք, ebenso in dem ք der II. Plur. das ursprüngliche *tasi* mit Unterdrückung des *t* und Übergang des *s* in ք, oder ք ist zurückzuführen auf das *v* des Pronominalstammes *tva*, ebenfalls mit Unterdrückung des *t*[1]). Der Ausfall des *t* in der III. Sing. und II. Plur. ist zum Theil compensirt durch Dehnung von vorhergehendem ե und ա zu է und այ.

Aus diesen armenischen Primärendungen sind die secundären entstanden. Das մ der I. Sing. und Plur. ist abgefallen. Zuweilen findet es sich noch im Futurum erhalten.

Das ս der II. Sing. hat sich im Futurum und zwar im Indicativus und Imperativus erhalten, im letzteren ist es aber auch schon in ր übergegangen. Ganz abgefallen ist es im Imperativ Aoristi der drei ersten Conjugationen, ebenso im Imperativ Aoristi I. der IV. Conj., ist aber hier auch schon, wie im Imperativ Aoristi II. der IV. Conj. immer, in ր übergegangen. Ausserdem ist es in ր übergegangen

---

[1]) Bopp. A. a. O. II. 260 folg.

im Imperativ Präsentis, im Imperfectum und den Indicativen der Aoriste.

ք und ն der II. und III. Plur. haben sich überall erhalten. Neben dem ք der II. Plur. findet sich noch in den Aoristen der IV. Conjugation die Personalendung րուք. Das ք dieser Endung ist Personalendung, das ր ist das *s* des Verbi substantivi *as*.

Das Genauere im Folgenden.

II. Das Verbum im besonderen.

1. Einfache Tempora.

a) Tempora specialia.

Präsens.

Im Präsens werden die armenischen primären Personalendungen Sing. I. մ, II. ս, III. —, Plur. I. մք, II. ք, III. ն dem Präsensstamme, zu welchem die Classenvocale gehören, unmittelbar angefügt; z. B. գերե-մ *capio*, աղա-մ *molo*, թողու-մ *sino*, խօսի-մ *loquor*, տեսանե-մ *video*, ողջանա-մ *sano*, ընկենու-մ *jacio*, փախչի-մ *fugio*, կորնչի-մ *pereo* u. s. w.

In der III. Sing. und II. Plur. werden die Classenvocale ե und ա zu է und այ gedehnt zum Ersatz für das ausgefallene ursprüngliche *t*; ու und ի bleiben unverändert. Z. B. գերէ, գերէք, աղայ, աղայք.

Imperfectum.

Im Armenischen gibt es nur ein einziges einfaches Imperfectum, nämlich das des Verbi substantivi ել, Wurzel *es*, ursprünglich *as*. Dieses lautet էի *eram*, էիր, էր, էաք, էիք, էին, und ist etymologisch auf folgende Weise zu erklären: Das է ist eine Verschmelzung des wurzelhaften ե und Augmentes ե (ursprünglich *a*). Das *s* der Wurzel ist abgefallen, und hat sich nur in der III. Sing. nach Abfall der Personalendung in ր erhalten. Die Personalendungen ր in II. Sing., ք in I. und II., ն in III. Plur. sind die armenischen Secundärendungen. Die Vocale ի in der I. Sing. (allein übrig geblieben nach Abfall der ursprünglichen Personalendung մ), in der II. Sing., II. und III. Plur. und ա in I. Plur. sind Bindevocale, alle ursprünglich ա, und später durchgehends auf genannte Weise gestaltet.

Dieses einfache Imperfectum dient zur Bildung der andern armenischen Imperfecta. Diese können aber dennoch als einfache bezeichnet werden, da die Compositionstheile organisch zusammen gewachsen sind.

Bei der Zusammensetzung der Präsensstämme mit էի u. s. w. geht der Classenvocal ե der I. Conj. in dem է von էի vollständig auf, ա der II. Conj. verbindet sich mit dem է zu այ, ու der III. Conj. verdrängt das է vollständig, das ի der IV. Conj. verschwindet vor dem է, so dass die Imperfecta der I. und IV. Conj. gleich lauten.

In der III. Sing. der IV. Conj. existirt neben էր die Form իւր. Das ի von իւր ist der Passivcharakter der IV. Conj. Das ւ ist Schwächung des Wurzelvocals von *es*, *as* (deutlich in der Aussprache իւր *iur*), das ր ist das *s* der Wurzel *es*, *as* [1]); z. B. գերէի *capiebam*, աղայի *molebam*, թողուի *sinebam*, խօսէի *loquebar*, III. Sing. խօսէր und խօսիւր.

Das ր lässt sich in der III. Sing. Imperfecti nur aus dem *s* der Wurzel *es*, *as* erklären.

Hier liegt der Beweis für obige Zusammensetzung der Imperfecta.

b) Tempora generalia.

Die Aoristi im allgemeinen.

Die Aoristi werden von der Verbalwurzel gebildet. Es werden daher in ihnen abgeworfen die Classenvocale der einfachen Präsensstämme und alle Silben, welche die vermehrten Präsensstämme bilden, ausser wenn diese Silben zur Wurzel gehören, wie z. B. in անուանել *nominare*, Verb. denomin. von անուն; starkes Thema անուան *nomen*.

Aus demselben Grunde hört in den Aoristis, wie wir gesehen haben, auch der Conjugationsunterschied auf; und bleibt nur mehr zwischen Activum und Passivum zu unterscheiden. Dieser Unterschied liegt grammatisch zu Tage und muss aufrecht erhalten werden, obgleich er kein durchgreifender ist, da Verba activa sehr oft ihren Aoristus, besonders Aoristus II mit activer Bedeutung nach der passiven Formation bilden. Er beruht auf der verschiedentlichen Gestaltung des ursprünglichen Bindevocals *a*, der zur Anfügung der

[1]) Bopp. A. a. O. III. 85.

Personalendungen an das Aoristgebilde dient. Das *a* gestaltet sich als Bindevocal für die activen Aoriste folgendermassen:

Sing. I. ի, II. ե (III. mit der Personalendung abgefallen); Plur. I. ա, II. ի und է, III. ի.

In den passiven Aoristen hat sich *a* als ա in allen Personen erhalten, nur ist es in I. Sing. und II. Plur. zu այ gedehnt.

Die Personalendungen sind die secundären, und zwar in den activen Aoristen dieselben wie im Imperfectum; wie hier, so ist auch dort das ի als Bindevocal der I. Sing. Stellvertreter der Personalendung dieser Person, und in der III. Sing. Personalendung sammt Bindevocal abgefallen.

Die Personalendungen für die passiven Aoriste sind dieselben wie für die activen mit Ausnahme der der III. Sing., welche in jenen ւ lautet. Ausserdem hat die II. Plur. der passiven Aoriste neben ք noch die Endung րուք. Das րուք, vielleicht auch ւ, scheint ein Überrest von einem Tempus praeteritum von *as*, *es*, եւ zu sein, welches mit der Verbalwurzel zusammengesetzte Aoriste des Passivi bildete in der Weise des Imperfecti. Die übrigen activen und passiven Personalendungen berechtigen aber nicht zur Annahme einer Zusammensetzung mit dem Verbum substantivum.

Von den sieben Aoristbildungen des Sanskrit fallen im Armenischen vier dem Aoristus I. und drei dem Aoristus II. zu. Der Unterschied zwischen Aoristus I. und II. ist kein syntaktischer, sondern ein blos formeller, der auf der Annahme oder Nichtannahme des schon besprochenen ց als Bildungsmittel für den Aoristus I. beruht.

Aoristus I.

Den Aoristus I. bilden die meisten einfachen Präsensstämme auf ե und ի, alle auf ա mit Ausnahme von տալ *dare* und գալ *venire*, alle mit նա und viele mit նու vermehrten.

Das Bildungsmittel des Aoristus I. ist ց. Dieses tritt an die Verbalwurzel entweder ohne Bindevocal oder mittels eines solchen, der ursprünglich ա ist (das erste *a* des sanskr. *aya*, des Bildungselementes der X. Sanskr.-Conj.), später sich aber verschieden gestaltete.

Unmittelbar tritt das ց an die Wurzel, deren Präsensstamm einen radicalen Vocal vor dem Classenvocale hat, z. B. կեալ *vivere*, Aor. I. կեցի. ատեալ *odisse*, Aor. I. ատեցի, so wie an die Wurzel, deren Präsensstamm mit նու vermehrt ist — wenn sie den Aor. I. bildet —, sei es, dass dem նու ein (radicaler) Vocal, sei es dass ihm ein Consonant vorhergeht; z. B. ընկենուլ *jacere*, Aor. I. ընկեցի. լնուլ *implere*, Aor. I. լցի.

Alle übrigen Wurzeln fügen das ց mittels eines Bindevocals an. Dieser, ursprünglich *a*, ist für die Wurzeln der nichtaugmentirten Präsensstämme der I. und IV. Conjugation ե, nur für die Wurzeln աս, գիտ und կար von ասել *dicere*, գիտել *scire*, կարել *posse*, ist er ա, Aor. I. ասացի u. s. w., der II. Conjugation ա, und für die Wurzeln der mit նա vermehrten Präsensstämme der dieser Vermehrungssilbe schon im Präsensstamme vorhergehende Bindevocal ե und ա; z. B. գերել *capere*, գերեցի. խօսել *loqui* խօսեցի. աղալ *molere*, աղացի. յղանալ *concipere*, յղացի. մերձենալ *appropinquare*, մերձեցի.

An das so enstandene Aoristgebilde treten die schon besprochenen Personalendungen mittels der ebenfalls schon besprochenen Bindevocale. In der III. Sing. Activi, in welcher Personalendung sammt Bindevocal abgefallen ist, wird das dem ց vorangehende ե, sowohl wenn es radical, als auch wenn es Bindevocal ist, zu եա, bisweilen zu է gedehnt; z. B. ընկեցի, III. Sing. ընկեաց. ընկէց. գերեցի, III. Sing. գերեաց, գերէց.

In III. Sing. Aor. I. der Verba auf նուլ, die bekanntlich das ց unmittelbar der Wurzel anfügen, kommt, wenn dem նուլ ein Consonant unmittelbar vorhergeht, das ց (ohne folgenden Vocal) mit letzterem unmittelbar zusammen zu stehen. In diesem Falle wird zwischen beide ein euphonischer Hilfslaut ի gesetzt, und der so entstandenen Form, wenn sie einsilbig ist, oft noch das Augmentum syllabicum ե (früher und ursprünglich *a*) vorgesetzt; z. B. լնուլ, Aor. I. լցի. III. Sing. լից, ելից.

Aoristus II.

Den Aoristus II. bilden viele einfache Präsensstämme auf ե und ի, von denen auf ա blos տալ *dare* und գալ *venire*, alle auf ու, alle mit նե, չ, նչ und viele mit նու vermehrte.

Der Aoristus II. fügt dieselben Personalendungen mittels derselben Bindevocale an die Wurzel, wie der Aoristus I.; z. B. հանել *levare*, Aor. II. հանի, հաներ, հան, հանաք, հանիք und հանէք, հանին, Pass. հանայ, հանար, հանաւ u. s. w.

Die III. Sing. kann, weil in ihr Personalendung und Bindevocal abfallen, auf zwei radicale Consonanten auslauten; in diesem Falle wird zwischen beide der Hilfslaut ի eingeschoben, und, wenn das so entstandene Gebilde einsilbig ist, ihm ein ե als Augmentum syllabicum vorgesetzt; z. B. գտանել *invenire*, Aor. II. գտի, III. Sing. եգիտ.

Sehr häufig tritt im Aoristus II. Passivi vor den Bindevocal ա ein entweder zur Wurzel gehörendes und in den übrigen Temporibus unterdrücktes oder blos euphonisches ե, besonders im Aoristus II. der mit չ, նչ, նու, նե vermehrten Präsensstämme; z. B. ճանաչել *cognoscere*, Aor. II. Pass. ծանեայ. փախչել *fugere*, փախեայ. երկնչել *timere* երկեայ. քաղցնուլ *fame laborare*, քաղցեայ. յառնել *se levare*, յառեայ.

Merkwürdig bleibt bei dieser Art der Bildung die Beibehaltung des Bindevocals ա, der doch überflüssig zu sein scheint. Vor der Endung րուք der II. Pluralis finde ich in solchen Gebilden das ա abgefallen; z. B. երկերուք von երկնչել für երկեարուք.

Die einzigen Verbalwurzeln, die auf einen Vocal auslauten und den Aoristus II. bilden, sind die von տալ *dare*, գալ *venire*, und դնել *ponere* (augmentirt mit նե vom sanskr. *dhâ*). Die Wurzelvocale, auf welche sie auslauten, vertreten die Stelle der Bindevocale bei Anfügung der Personalendungen des Aor. II. Bei գալ, Aor. II. unregelmässig եկի, und դնել, Aor. II. եդի, nimmt der Wurzelvocal *a* in den einzelnen Personen die Gestalt und den Laut an, welche der Bindevocal in denselben hat, lautet also durch Schwächung ի in I. Sing., II. und III. Plur., ե in II. Sing., und ա in I. Plur. եկի, եկեր, եկն (III. Sing. immer mit dem enklitischen ն); եկաք, եկիք, եկին. եդի, եդեր, եդ, եդաք, եդիք, եդին.

Bei տալ geht der Wurzelvocal ա in ու über, fällt in III. Sing. ab, und nimmt in I. Plur. den Hilfslaut ա nach sich; z. B. ետու, ետուր, ետ, ետուաք, ետուք, ետուն. Pass. տուայ, տուար, տուաւ u. s. w.

Das Augmentum syllabicum, das wir bisher gefunden haben, ist ursprünglich *a*, geschwächt ե, und erscheint mit Ausnahme der III. Sing. Aoristi I. und des Imperfecti էի, nur im Aoristus II., und zwar durchgreifend nur in den drei Aoristen ետու, եկի und եդի, sonst nur in der III. Sing., wenn diese ohne es einsilbig wäre. Vor ա und օ verlängert sich ե zu է; z. B. ածել *portare*, Aor. II. ածի,

III. Sing. էած. օծանել *unguere*, Aor. II. օծի, III. Sing. էօծ. Bisweilen findet sich diese Verlängerung von ե zu է auch vor Consonanten. Vor ե fällt das Augment ե weg, und mit ի geht es in է über; z. B. իջանել *descendere*, Aor. II. իջի, III. Sing. էջ[1]).

Die Futura im allgemeinen.

Die Futura werden gebildet aus den Aoristis durch Anfügung eines ց an deren Gebilde. Dieses ց ist, wie gesagt, identisch mit dem *y* des sanskr. *yâ* des Bildungsmittels des Potentialis.

Die Personalendungen sind die secundären. In der I. und III. Sing. sind sie abgefallen, in der I. Sing. sammt Bindevocal; in III. Sing. ist der Bindevocal geblieben, nämlich ե gedehnt zu է fürs Activum und ի fürs Passivum. Die Personalendung für II. Sing. ist ս, für I. und II. Plur. ք, für III. Plur. ն, und zwar im Activum und Passivum.

Der Vocal, welcher zur Anfügung der Personalendungen der Futura an das Futurgebilde dient, ist das *a* von *yâ*. Dieses *a* ist im Activum geschwächt zu ե (III. Sing. է), in I. Plur. zu ու, in II. Plur. zu ի; im Passivum zu ի, in I. Plur. zu ու.

Futurum I.

Zur Bildung des Futuri I. wird ց an das Gebilde des Aoristi I. angefügt. In der I. Sing. kommen, da in ihr Personalendung sammt Bindevocal abgefallen ist, zwei ց unmittelbar neben einander ohne nachfolgenden Vocal zu stehen; daher wird in dieser Person ein Hilfslaut ի im Activum und այ im Passivum zwischen beide ց geschoben; z. B. գերել *capere*, Aor. I. գերեցի, Aoristgebilde գերեց, Fut. I. գերեցից, Pass. գերեցայց. In den übrigen Personen fällt, da in diesen dem zweiten ց immer ein Vocal folgt, jener Hilfsvocal wieder aus, wird aber das erste der beiden so unmittelbar zusammentreffenden ց aus euphonischen Gründen in ս verwandelt, und vor dem իք der II. Plur. das zweite auch noch in ջ; z. B.

գերեցից, գերեսցես, գերեսցէ, գերեսցուք, գերեսջիք, գերեսցեն. աղացից, աղասցես . . . աղասջիք u. s. w. խօսեցայց, խօսեսցիս, խօսեսցի, խօսեսջիք u. s. w.

---

[1]) Bopp. A. a. O. II. 452 u. 453.

4*

Die Verba, welche im einfachen Präsensstamme vor dem Classenvocale einen wurzelhaften Vocal haben, wie կեալ, ստեալ, lassen im Futur I. bei Antritt der Personalendungen beide ց neben einander stehen, und verwandeln blos das zweite vor dem իք der II. Plur. in ջ. Dasselbe thun die Verba, deren Futurgebilde vor dem ersten ց unmittelbar einen Consonanten haben, nämlich die mit նու vermehrten Verba, deren նու unmittelbar ein Consonant vorhergeht; z. B. կեալ, Fut. I. կեցից, կեցցես, կեցցէ . . . կեցջիք, կեցցեն.

լնուլ, Fut. I. լցից, լցցես, լցցէ, լցցուք, լցջիք, լցցեն.

Futurum II.

Das Futurum II. hängt den Futurcharakter ց an den reinen Stamm, wie er im Aoristus II. vorliegt, und nimmt wie das Fut. I. in I. Sing. Activi ի, in I. Sing. Passivi այ zur Anfügung des ց an die Wurzel zu Hilfe.

Die Personalendungen und die Gestalt des Bindevocals zur Anfügung derselben stimmen genau mit denen des Futuri I. überein. Das ց bleibt im Fut. II. unverändert, und geht nur vor dem իք der II. Plur. in ջ über; z. B. հանել, Aor. II. հանի, Fut. II. հանից, հանցես, հանցէ, հանցուք, հանջիք, հանցեն. Pass. հանայց, հանցիս, հանցի, հանցուք, հանջիք, հանցին.

Der Hilfsvocal ի findet sich bisweilen auch in andern Personen beibehalten; z. B. կորնչել, Fut. II. կորից, III. Sing. կորիցէ für կորցէ.

Das ե, welches sich im Aor. II. Pass. oft zwischen Wurzel und այ eingeschoben findet, wird auch in I. Sing. Fut. II. beibehalten; z. B. յառնել, Aor. II. Pass. յառեայ, Fut. II. յառեայց, geht aber bei Antritt der Personalendungen in den übrigen Personen (in denen այ abfällt) in ի über; z. B. յառիցիս, յառիցի.

Bei einigen Verben findet sich in I. Sing. Fut. II. eine vollständige Primärenduug, մ mit Bindevocal ե in der Form եմ. Dem ց des Fut. I. geht hierbei regelmässig der Bindevocal ի voran. So findet sich neben ծանեայց, Fut. II. von ճանաչել *cognoscere*, auch ծանիցեմ, ծանիցես u. s. w. neben երթայց, Fut. II. von երթալ *ire*, auch երթիցեմ, երթիցես u. s. w.

Diese Primärendung im Fut. II. erinnert wieder an die Identität des Futuri und Conjunctivi.

2. Zusammengesetzte Tempora.

Die 6 zusammengesetzten Tempora werden gebildet aus den Participiis der Aoristi und des Futuri und dem Präsens, Imperfectum und Futurum des Verbi substantivi **ել**, und haben active und passive Bedeutung.

1. Aus den Participiis der Aoristi und den genannten Temporibus von **ել** entsteht

a) das Perfectum: **գերեցեալ եմ** *cepi*, *captus sum*,
հանեալ եմ *levavi*, *levatus sum*;

b) das Plusquamperfect.: **գերեցեալ էի** *ceperam*, *captus eram*,
հանեալ էի *levaveram*, *levatus eram*;

c) das Futurum exactum: **գերեցեալ եղէց** *cepero*, *captus ero*,
հանեալ եղէց *levavero*, *levatus ero*.

2. Aus den Participiis Futuri und den genannten Temporibus von **ել** entsteht

a) das Tempus praesens rei inchoandae:
գերելոց եմ: **գերելի եմ** *capturus*, *capiendus sum*;

b) das Tempus praeteritum rei inchoandae:
գերելոց էի, **գերելի էի** *capturus*, *capiendus eram*;

c) das Tempus futurum rei inchoandae:
գերելոց եղէց, **գերելի եղէց** *capturus*, *capiendus ero*.

3. Die Modi.

Conjunctivus.

Ein Conjunctivus findet sich nur für das Präsens und zuweilen auch für das Imperfectum. Das Bildungsmittel desselben ist **ց**; dieses ist, wie schon gesagt, das *y* der sanskr. Potentialbildungssilbe *yâ*. Im Präsens tritt das **ց** an den Classenvocal der einfachen und vermehrten Präsensstämme, nur geht der Classenvocal **ե** der I. Conjugation in **ի** und **ա** der II. Conj. in **այ** über.

Die Personalendungen sind dieselben wie im Indicativus Präsentis. Der Bindevocal, welcher zu ihrer Anfügung an das Conjunctivgebilde dient, ist ursprünglich das *a* des sanskr. *ya*, hat sich aber für die I. und II. Conjugation zu **ե**, für die III. zu **ու** und für die IV. zu **ի** geschwächt. Dieses **ե** der I. und II. Conjugation wird in der

III. Sing. zu *է* gedehnt; z. B. *գերիցեմ*, *գերիցես*, *գերիցէ* u. s. w. *աղայցեմ*, *աղայցես*, *աղայցէ* u. s. w. *թողուցում*, *թողուցուս*, *թողուցու* u. s. w. *խօսիցիմ*, *խօսիցիս*, *խօսիցի* u. s. w.

Der seltene Conjunctivus Imperfecti ist wie der Indicativus zusammengesetzt, und bildet sich vom Conjunctivgebilde des Präsens, wie der Indicativus Imperfecti sich vom Präsensstamme bildet; z. B. *գերիցէի*, *գերիցէիր*, *գերիցէր*, *գերիցէաք*, *գերիցէիք*, *գերիցէին*. *աղայցէի*, *թողուցէի*, *խօսիցէի* u. s. w.

Imperativus.

Im Armenischen gibt es drei Imperativi: ein Imperativus prohibitivus, ein Imperativus Aoristi, welcher Stellvertreter des dem Armenischen entschwundenen Imperativus Präsentis ist, und ein Imperativus Futuri. Die beiden zuletzt genannten Imperativi existiren in doppelter Form, wie die entsprechenden Indicativi.

Der Imperativus prohibitivus.

Der Imperat. prohib. kommt nur in der II. Sing. und Plur. vor, und zwar stets nur in Verbindung mit der Prohibitivpartikel *մի* *ne*. Die Personalendungen sind die secundären, *ր* für den Sing., *ք* für den Plur. Diese treten an die Classenvocale der Präsensstämme, wobei *ե* und *ա* vor *ք* zu *է* und *այ* gedehnt werden; z. B. *մի գերեր*, *մի գերէք*; *մի աղար*, *մի աղայք*; *մի թողուր*, *մի թողուք*; *մի խօսիր*, *մի խօսիք*.

Der Imperativus prohibitivus ist seinem Ursprunge nach Imperfectum, und zwar das einfache Imperfectum, welches sich für alle Personen nur noch beim Verb. substant. vorfindet. Hierfür spricht

a) die stete Verbindung der Negation *մի՛* mit dieser Imperativform. Dieser Verbindung liegt der Gedanke zu Grunde, dass das Verbotene so wenig geschieht, dass man es schon als nicht geschehen betrachtet; z. B. *մի՛ բերեր* 'trage nicht', d. h. du trugst nicht;
b) der häufige Gebrauch des Sanskrit-Imperfecti mit der Negation *mâ* für den Imperativus Praesentis prohibitivus;
c) das secundäre *ր* der II. Person Sing. gegenüber dem primären *ս* des Indic. Praes.

Der Imperativus Aoristi.

Der Imper. Aor. I. und II. Activi und Passivi kommt blos in der II. Person Sing. und Plur. vor, und hat den Acutus auf der Endsilbe.

Die II. Sing. Imper. Aor. I. Activi ist ohne Personalendung, und hat auch noch das ց (Charakter des Aor. I.) sammt dem ihm folgenden Bindevocal abgeworfen, wobei ein dem ց vorangehender radicaler oder Hilfslaut ե zu եա (selten zu է) gedehnt wird; z. B. գերել, Aor. I. գերեցի, II. Sing. Imper. գերեա՛, գերէ՛. ընկենուլ, Aor. I. ընկեցի, II. Sing. Imper. ընկեա՛. աղալ, Aor. I. աղացի, II. Sing. Imper. աղա՛.

Das ց bleibt jedoch bisweilen; immer bleibt es bei den einsilbigen Imperativen Aor. I.; z. B. բանալ, Aor. I. բացի, II. Sing. Imper. բա՛ց.

Die aus blos zwei Consonanten bestehenden Imperative Aor. I. der Verba der III. Conj. schieben zwischen beide den Hilfslaut ի ein; z. B. լնուլ, Aor. I. լցի, II. Sing. Imper. լի՛ց.

Die II. Sing. Imper. Aor. I. Passivi hat eine dreifache Gestalt:

a) Personalendung und Bindevocal fallen ab, wobei das dem ց vorhergehende ե zu եա gedehnt wird; z. B. խօսիլ, Aor. I. խօսեցայ, II. Sing. Imper. խօսեա՛ց.

b) Personalendung, Bindevocal und ց (Charakter des Aoristi I.) fallen ab, wobei das letzterem vorhergehende ե zu եա (selten zu է) gedehnt wird; z. B. խօսեա՛, խօսէ՛.

c) Es tritt eine eigene Personalendung ր mittels des Bindevocals ի an das Aoristgebilde, z. B. խօսեցի՛ր.

Die II. Sing. Imper. Aor. II. Activi ist gleich dem reinen Verbalstamme, die II. Sing. Imper. Aor. II. Passivi gleich dem reinen Stamme mit der Personalendung իր; z. B. հանել, Aor. II. հանի, II. Sing. Imper. Act. հա՛ն, Pass. հանի՛ր.

Die II. Plur. Imper. Aor. I. und II. Activi ist gleichlautend mit der entsprechenden Person des Indicativi auf էք; z. B. գերեցէ՛ք, հանէ՛ք.

Die II. Plur. Imper. Aor. I. und II. Passivi ist gleichlautend mit der entsprechenden Person des Indic. auf այք und արուք; z. B. խօսեցա՛յք und խօսեցարո՛ւք, հանա՛յք und հանարո՛ւք.

Der Imperativus Futuri.

Der Imperativus Futuri I. und II. Activi und Passivi kommt in allen Personen mit Ausnahme der I. Sing. vor, hat den Acutus auf der Endsilbe, und ist in allen vorkommenden Personen gleichlautend mti den entsprechenden des Indic. Futuri I. und II. Act. und Passivi.

Für die II. Sing. Imper. Fut. I. und II. Activi und Passivi existirt noch eine andere Personalendung իր (ի ist Bindevocal), vor welcher der Futurcharakter ց in ջ übergeht; z. B. գերեսջիր, հանջիր, auch հանիջիր mit Einschiebung eines Hilfslautes ի.

Infinitivus.

Der Charakter des Infinitivs ist լ, welches an den Classenvocal des Präsensstammes antritt.

Dieses լ ist Entartung von *n*, so dass der armenische Infinitivus dem deutschen auf *en* etymologisch entspricht. Es hängt zusammen mit dem sanskr. *ana*, das zur Bildung von Neutra dient. Der Infinitivus flectirt sich nach der vocalischen ո-Declination.

Die Participia.

Ein Participium Praesentis wird vom Präsensstamme ohne Classenvocal, ein zweites vom Aoristgebilde durch Anhängung von ող, օղ gebildet. Beide fungiren im Sprachgebrauche meistens als Adjectiva verbalia; z. B.

գերող, գերօղ; թողող, թողօղ; խօսող, խօսօղ;

գերեցող, գերեցօղ; աղացող, աղացօղ; լցող, լցօղ u. s. w.

Das ղ ist nach Bopp [1]) eine Entartung von *l* oder *r*, und hängt zusammen mit dem sanskr. *la* und *ra* in z. B. *ćapa-la-s* 'zitternd', *dip-ra-s* 'leuchtend'.

Das Participium der Aoristi, welches active und passive Bedeutung hat, wird gebildet durch Zusammensetzung des Participii եալ des Verbi substantivi mit dem Aoristgebilde (Particip. Aor. I) und der Verbalwurzel (Particip. Aor. II); z. B. գերեցեալ, աղացեալ, լցեալ, խօսեցեալ; հանեալ. Es wird flectirt nach der vocalischen ո-Declination mit Ausfall des ա.

Das եալ entspricht etymologisch genau dem epischen ἐών für ἐσών, sanskr. *asant*. Das *s* der Wurzel *es*, *as* ist abgefallen, wie auch im Imperf. էի, und das *n* der sanskr. Endung *ant* nach Abfall des *t* in լ übergegangen.

Das Participium Futuri, ebenfalls mit activer und passiver Bedeutung, bildet sich vom Infinitiv durch Anhängung von ոց und ի, wobei das ու der Infinitivendung ուլ abfällt und das ի vor իլ in ե

[1]) A. a. O. III. 147.

übergeht; z. B. գերելոց, գերելի; աղալոց, աղալի; Թողլոց, Թողլի; խօսելոց, խօսելի.

Das Participium auf ի entspricht etymologisch dem sanskr. Partic. Futuri Passivi auf *ya*, dessen *y* zu ի vocalisirt ist [1]), wird aber auch in der armenischen Übersetzung der heil. Schrift für das Participium Praesentis Activi gebraucht [2]).

Das ց der Silbe ոց kann auch auf das genannte sanskr. *ya* zurückgeführt werden, oder ոց ist die sonst häufige Bildungssilbe für Nomina concreta, ist aber auch als solche aus einem sanskr. *y* herzuleiten.

4. Passivum.

Neben der passiven (IV.) Conjugation gibt es noch ein zweites Passivum. Dieses ist zusammengesetzt aus den Participiis Aoristi I. und II. in passiver Bedeutung und dem Verbum auxiliare լինել *fieri*. Es ist bei allen Verbis anwendbar, und vielfach, besonders bei den Verbis der II. und III. Conjugation im Gebrauch; z. B. գերել *capere*, գերեցեալ լինել *capi*, բերել *ferre*, բերեալ լինել *ferri*.

Conjugationstabelle.

Tempora specialia.

Präsens.

Indicativus.	Conjunctivus.
I. Conjugation.	
Sing. գերեմ, գերես, գերէ	գերիցեմ, գերիցես, գերիցէ
Plur. գերեմք, գերէք, գերեն	գերիցեմք, գերիցէք, գերիցեն
Imperat. Sing. մի գերեր	Infinitivus. գերել
prohibit. Plur. մի գերէք.	Participium. գերող, գերօղ
	Part. Fut. գերելոց, գերելի.
II. Conjugation.	
Sing. աղամ, աղաս, աղայ	աղայցեմ, աղայցես, աղայցէ
Plur. աղամք, աղայք, աղան	աղայցեմք, աղայցէք, աղայցեն
Imperat. Sing. մի աղար	Infinitivus. աղալ
prohibit. Plur. մի աղայք.	Participium. fehlt.
	Part. Fut. աղալոց, աղալի.

1) Bopp. A. a. O. III. 341.

2) Petermann. A. a. O. 193.

III. Conjugation.

Sing. թողում, թողուս, թողու	թողուցում, թողուցուս, թողուցու
Plur. թողումք, թողուք, թողուն	թողուցումք, թուղուցուք, թողուցուն
Imperat. Sing. մի թողուր	Infinitivus. թողուլ
prohibit. Plur. մի թողուք.	Participium. թողող, թողօղ
	Part. Fut. թողլոց, թողլի.

IV. Conjugation.

Sing. խօսիմ, խօսիս, խօսի	խօսիցիմ, խօսիցիս, խօսիցի
Plur. խօսիմք, խօսիք, խօսին	խօսիցիմք, խօսիցիք, խօսիցին
Imperat. Sing. մի խօսիր	Infinitivus. խօսիլ
prohibit. Plur. մի խօսիք.	Participium. խօսող, խօսօղ.
	Part. Fut. խօսելոց · խօսելի.

Imperfectum.

Indicativus.	Conjunctivus.

I. Conjugation.

Sing. գերէի, գերէիր, գերէր	գերիցէի, գերիցէիր, գերիցէր
Plur. գերէաք, գերէիք, գերէին.	գերիցէաք, գերիցէիք, գերիցէին.

II. Conjugation.

Sing. աղայի, աղայիր, աղայր	աղայցայի, աղայցայիր, աղայցայր
Plur. աղայաք, աղայիք, աղային.	աղայցայաք, աղայցայիք, աղայցային
	Auch աղայցէի, աղայցէիր u. s.w.

III. Conjugation.

Sing. թողուի, թողուիր, թողուր	թողուցուի, թողուցուիր, թողուցուր
Plur. թողուաք, թողուիք, թողուին.	թողուցուաք, թողուցուիք, թողուցուին.

IV. Conjugation.

Sing. խօսէի, խօսէիր, խօսէր	խօսիցէի, խօսիցէիր, խօսիցէր
Plur. խօսէաք, խօսէիք, խօսէին.	խօսիցէաք, խօսիցէիք, խօսիցէին.

Ebenso werden flectirt die vermehrten Präsensstämme; z. B. *խառնել, հարցանել; ընտանանալ, մերձենալ; քաղցնուլ, ընկենուլ; ճանաչել, մեղանչել, փախչել, երկնչել* u. s. w.

Tempora Generalia.

Aoristus I. Activi.

1. Mit dem Hilfsvocale *ե* vor dem *ց* des Aoristi I.

So die meisten einfachen Präsensstämme auf *ե*; z. B. *գերել* *capere*, *սիրել* *amare*, mit Ausnahme von *ասել* *dicere*, *գիտել* *scire*, *կարել* *posse*, welche im Aor. I. *ա* als Hilfsvocal haben, und die mit *նա* vermehrten, wenn schon im Präsensstamme dem *նա* ein *ե* (geschwächt aus *ա*) vorhergeht; z. B. *մերձենալ* *appropinquare*.

Indic. Sing.	գերեցի, գերեցեր, գերեաց (գերեց)	Imper. Sing.	գերեա՛ u. գերէ՛
Plur.	գերեցաք, գերեցիք u. գերեցէք, գերեցին	Plur.	գերեցէ՛ք
Partic.	գերեցեալ.	Part. Praes.	գերեցող, գերեցօղ.

2. Mit dem Hilfsvocale *ա* vor dem *ց* des Aor. I.

So alle einfachen Präsensstämme auf *ա* (mit Ausnahme von *տալ* und *գալ*, die blos den Aor. II. bilden) und alle mit *նա* vermehrten, wenn dem *նա* schon im Präsensstamme ein *ա* vorhergeht; z. B. *աղալ, բարձրանալ*.

Indic. Sing.	աղացի, աղացեր, աղաց	Imper. Sing.	աղա՛
Plur.	աղացաք, աղացիք u. աղացէք, աղացին	Plur.	աղացէ՛ք
Partic.	աղացեալ.	Part. Praes.	աղացող, աղացօղ.

3. Ohne Hilfsvocal vor dem *ց* des Aor. I.:

a) Mit wurzelauslautendem Vocale *ե*; so α) die Verba *կեալ, ստեալ*, und β) die mit *նու* vermehrten Präsensstämme, deren *նու* ein radicaler Vocal vorhergeht; z. B. *ընկենուլ*. Aor. I. *ստեցի, կեցի, ընկեցի* werden genau flectirt wie die sub 1. bezeichneten; z. B. *գերեցի* u. s. w.

b) Mit wurzelauslautendem Consonanten; so die mit նուլ vermehrten Präsensstämme, welche den Aoristus I. bilden, und deren նուլ ein Consonant vorhergeht; z. B. լնուլ.

Indic. Sing.	լցի, լցեր, լից und ելից	Imper. Sing.	լի՛ց
Plur.	լցաք, լցիք und լցէք, լցին	Plur.	լցէ՛ք
Partic.	լցեալ.	Part. Praes.	լցող, լցօղ.

Aoristus I. Passivi.

Der Aoristus I. Passivi unterscheidet sich von den sub 1—3 genannten Aoristis I. Activi durch die passiven Personalendungen und den passiven Bindevocal ա.

Indic. Sing.	գերեցայ, գերեցար, գերեցաւ	Imper. Sing.	գերեա՛ց, գերեա՛, գերէ՛, գերեցի՛ր
Plur.	գերեցաք, գերեցայք u. գերեցարուք, գերեցան	Plur.	գերեցա՛յք, գերեցարո՛ւք
Partic.	գերեցեալ.	Part. Praes.	գերեցող, գերեցօղ.

Ebenso der Aoristus I. der einfachen Präsensstämme auf իլ; z. B. խօսեցայ u. s. w. Andere Beispiele: աղացայ, լցայ u. s. w.

Aoristus II. Activi.

Indic. Sing.	հանի, հաներ, հան u. եհան	Imper. Sing.	հա՛ն
Plur.	հանաք, հանիք u. հանէք, հանին	Plur.	հանէ՛ք
Partic.	հանեալ.	Part. Praes.	հանող, հանօղ.

Aoristus II. Passivi.

Indic. Sing.	հանայ, հանար, հանաւ	Imper. Sing.	հանի՛ր
Plur.	հանաք, հանայք u. հանարուք, հանան	Plur.	հանա՛յք u. հանարո՛ւք
Partic.	հանեալ.	Part. Praes.	հանող, հանօղ.

Futurum I. Activi.

1. Mit Übergang des ersten *ց* in *ս*.

So die Futura zu den Aoristis I. sub 1., 2., 3. *a* β.

Indic. Sing. *գերեցից*, *գերեսցես*, *գերեսցէ*	Imper. Sing. *գերեսցե՛ս* u. *գերեսջի՛ր*, *գերեսցէ՛*
Plur. *գերեսցուք*, *գերեսջիք*, *գերեսցեն*.	Plur. *գերեսցո՛ւք*, *գերեսջի՛ք*, *գերեսցե՛ն*.

Ebenso *աղացից*, *աղասցես* u. s. w. *ընկեցից*, *ընկեսցես* u. s. w.

2. Ohne Übergang des ersten *ց* in *ս*.

So die Futura zu den Aoristis I. sub 3. *a* α und 3. *b*.

Indic. Sing. *լցից*, *լցցես*, *լցցէ*	Imper. Sing. *լցցե՛ս* und *լցջի՛ր*, *լցցէ՛*
Plur. *լցցուք*, *լցջիք*, *լցցեն*.	Plur. *լցցո՛ւք*, *լցջի՛ք*, *լցցե՛ն*.

Ebenso *կեցից*, *կեցցես* u. s. w. *ատեցից*. *ատեցցես* u. s. w.

Futurum I. Passivi.

Indic. Sing. *գերեցայց*, *գերեսցիս*, *գերեսցի*	Imper. Sing. *գերեսցի՛ս* u. *գերեսջի՛ր*, *գերեսցի՛*
Plur. *գերեսցուք*, *գերեսջիք*, *գերեսցին*.	Plur. *գերեսցո՛ւք*, *գերեսջի՛ք*, *գերեսցի՛ն*.

Ebenso *խօսեցայց*, *աղացայց*, *լցայց* u. s. w.

Futurum II. Activi.

Indic. Sing. *հանից*, *հանցես*, *հանցէ*	Imper. Sing. *հանցե՛ս*, *հանջի՛ր*, *հանցէ՛*
Plur. *հանցուք*, *հանջիք*, *հանցեն*.	Plur. *հանցո՛ւք*, *հանջի՛ք*, *հանցե՛ն*.

Futurum II. Passivi.

Indic. Sing. *հանայց*, *հանցիս*, *հանցի*	Imper. Sing. *հանցի՛ս* u. *հանջի՛ր*, *հանցի՛*
Plur. *հանցուք*, *հանջիք*, *հանցին*.	Plur. *հանցո՛ւք*, *հանջի՛ք*, *հանցի՛ն*.

B. Verba substantiva.

Das Armenische hat 4 Verba substantiva: ել, գոլ *esse*, լինիլ, եղանիլ *fieri*. Von diesen sind ել und լինիլ blosse Hilfsverba, während գոլ und եղանիլ das *existere* (das spanische *estar* im Gegensatze zu *ser*) und das γίγνεσθαι ausdrücken. եղանիլ wird aber auch im Aoristus und Futurum, in denen es die fehlenden entsprechenden Tempora von ել vertritt, als blosses Hilfsverbum gebraucht.

1. ել.

Präsens.

Indic. Sing.	եմ, ես, է	Conj. Sing.	իցեմ, իցես, իցէ
Plur.	եմք, էք, են	Plur.	իցեմք, իցէք, իցեն
Imper. Sing.	եր	Infinit.	ել
Plur.	էք und երուք.	Partic. Fut.	ելոց.

Imperfectum.

Indic. Sing.	էի, էիր, էր	Conj. Sing.	իցէի, իցէիր, իցէր
Plur.	էաք, էիք, էին.	Plur.	իցէաք, իցէիք, իցէին.

2. գոլ.

Präsens.

Indic. Sing.	գոմ, գոս, գոյ	Conj. Sing.	գուցեմ, գուցես, գուցէ
Plur.	գոմք, գոյք, գոն	Plur.	գուցեմք, գուցէք, գուցեն
Infinit.	գոլ.	Partic.	գոյող, գոյօղ.

Imperfectum.

Sing.	գոյի, գոյիր, գոյր	Plur.	գոյաք, գոյիք, գոյին.

3. լինիլ.

Präsens.

Indic. Sing.	լինիմ, լինիս, լինի	Conj. Sing.	լինիցիմ, լինիցիս, լինիցի

Plur. լինիմք, լինիք, լինին
Imper. Sing. մի՛ լինիր
Plur. մի՛ լինիք
Infinit. լինիլ, լինել.

Plur. լինիցիմք, լինիցիք, լինիցին
Partic. լինող, լինօղ
Part. Fut. լինելոց, լինելի.

Imperfectum.

Indic. Sing. լինէի, լինէիր, լինէր
Plur. լինէաք, լինէիք, լինէին.

Aoristus.

Nur Imper. Sing. լեր
Plur. լե՛ք u. լերո՛ւք
Partic. լեալ und լիեալ.

Futurum.

Indic. Sing. լիցիմ, լիցիս, լիցի
Plur. լիցուք, լիջիք und լինիջիք, լիցին.

Imper. Sing. լիջի՛ր u. լինիջի՛ր u. լիցիս, լիցի
Plur. լիցո՛ւք, լիջի՛ք und լինիջի՛ք, լիցին.

4. եղանիլ.

Präsens.

Indic. Sing. եղանիմ, եղանիս, եղանի
Plur. եղանիմք, եղանիք, եղանին
Imper. Sing. մի՛ եղանիր
Plur. մի՛ եղանիք.

Conj. Sing. եղանիցիմ, եղանիցիս, եղանիցի
Plur. եղանիցիմք, եղանիցիք, եղանիցին
Infinit. եղանիլ u. եղանել
Part. Fut. եղանելոց, եղանելի.

Imperfectum.

Indic. Sing. եղանէի, եղանէիր, եղանէր.
Plur. եղանէաք, եղանէիք, եղանէին.

Aoristus.

Indic. Sing. եղէ u. եղայ, եղեր, եղև
Plur. եղաք und եղեաք, եղէք und եղայք, եղեն.

Imper. Sing եղի՛ր
Plur. եղերո՛ւք
Partic. եղեալ.

Futurum.

Indic. Sing.	եղէց u. եղիցիմ u. եղիցեմ, եղիցիս u. եղիցես, եղիցի	Imper. Sing.	եղիջիր u. եղանիջիր, եղիցի
Plur.	եղիցուք, եղիջիք u. եղանիջիք, եղիցին.	Plur.	եղիցո՛ւք, եղիջի՛ք und եղանիջի՛ք, եղիցին.

C. Unregelmässige Verba.

Nur wenige Verba weichen in Bildung der Tempora und Modi von den allgemeinen und den gelegentlich besprochenen besondern Bildungsgesetzen ab. Nur diese können als eigentlich unregelmässige Verba betrachtet werden. Es sind folgende:

1. Nach der I. Conjugation.

առնել *facere*, Aoristus արարի, Imperat. Sing. արա՛, Plur. արարէ՛ք, Fut. արարից, արասցես u. s. w. mit Übergang des zweiten ր in ս,

յառնել *surgere*, Aor. յարեայ, Imperat. Sing. արի, Plur. արիք und յարերո՛ւք.

ճանաչել *cognoscere*, Aor. ծանեայ.

լսել *audire*, Aor. լուայ, Imperat. Sing. լո՛ւր, Plur. լուայ՛ք und լուարո՛ւք, Fut. լուայց und լուիցեմ. Auch Aor. լսեցի regelmässig.

հարկանել *verberare*, Aor. հարի.

ուտել *edere*, Aor. կերի, Fut. կերից und կերայց und կերիցեմ.

ըմպել *bibere*, Aor. արբի, Fut. արբից. Auch Aor. ըմպեցի regelm.

2. Nach der II. Conjugation.

գալ *ire*, Aor. եկի; տալ *dare*, Aor. ետու, vergl. den Abschnitt 'Aoristus II.'

բառնալ *tollere*, դառնալ *redire*, Aor. բարձի, դարձայ.

Ebenso ihre Composita; z. B. ամբառնալ. Aor. ամբարձի.

երթալ *venire*, Aor. չոգայ und չոքայ, Imperat. երթ, Fut. երթայց und երթիցեմ.

3. Nach der III. Conjugation.

երդնուլ *jurare*, Aor. երդուայ, Imperat. երդուիր, Fut. երդուայց.

առնուլ *accipere*, Aor. առի.

Vielleicht Imperat. Aor. գո՛գ *dic*, գոգէ՛ք *dicite*. Imperat. Futur. գոգցես und գոգջիր.

4. Nach der IV. Conjugation.

տանել *ducere*, Aor. տարայ, Imperat. տա՛ր, Fut. տարայց, տարցես u. s. w.

ունել *habere*, Aor. կալայ, Imperat. կա՛լ und կա՛, Fut. կալայց, կալցի u. s. w.

Ebenso dessen Composita, z. B. ընդունել *accipere*, Aor. ընկալայ mit Ausfall des դ vor կալայ.

VI. Indeclinabilia.

I. Adverbien.

Primitive Adverbien gibt es im Armenischen nur wenige, z. B. ոչ, mit dem folgenden Worte verbunden չ, *non*, այո՛ *immo*.

Gebildet werden im Armenischen Adverbien

1. aus Pronominibus [1]),

a) Bildungen mit դ mit localer Bedeutung, z. B. անդ *ibi*, *illic* von այն, աստ *hic* von այս;

b) Bildungen mit տի mit localer Bedeutung, z. B. անտի 'von dort', աստի 'von hier', ուստի 'von wo' (vom Pron. interrog. ո՞). ուստի dient wieder in der Form ուստ zur Bildung anderer Adverbien, um das 'woher' auszudrücken: աստուստ 'von hier', այդուստ, այնուստ 'von dort', 'ի բացուստ 'von Ferne', յայլուստ 'anders woher', յերկնուստ 'vom Himmel her', արտաքուստ 'von aussen her', 'ի վերուստ 'von oben her' u. s. w.;

c) Bildungen mit ր mit localer Bedeutung, z. B. ուր 'wo', անդր 'dort', այսր, այդր 'hier', այլուր 'anderswo';

d) Bildungen mit ք und մն mit localer Bedeutung, z. B. ուրեք, ուրեմն 'irgendwo', երբեք, երբեմն 'irgendwo', dann auch 'irgend wann', ուստեք, ուստեմն 'hier, dort; von hier, von dort'.

Die hier gebrauchten Bildungselemente դ, տ, ր, ք, մն sind pronominalen Ursprunges.

---

[1]) Bopp. A. a. O. II. 222. folg.

2. Durch Zusammensetzung von Pronominibus und Nominibus; z. B. *այժմ* für *այսժամ* 'jetzt, diese Zeit', *յորժամ* 'wann, zu welcher Zeit', *այսպէս* *hoc modo*, *յորպէս* *quo modo*, *այլպէս* *alio modo*, *այսչափ* *tantum*, *tantopere* u. s. w.

3. Durch verschiedene Casus des Nomens; z. B. *բարի* *valde*, Gen.-Dat. von *բար* *vis*; *զարդիս* *nunc*, Accus. von *արդի* *praesens*; *'ի մասնէ* *partim*, Ablat. von *մասն* *pars*; *ամենեւիմբ* *omnino*, Instr. von *ամենայն* *omnis*.

4. Durch besondere Adverbialbildungssilben: *բար*, *ուք*, *այն*, *եան* und andere, die zum Theil mit den Adjectiv-Bildungssilben identisch sind; z. B. *հեշտաբար* *cum gaudio*, von *հեշտ*; *սակաւուք* *breviter*, von *սակաւ*; *լռելեայն*, *լռելեան* *clam*, von *լռել*.

բար hängt zusammen mit *բերել* 'tragen', das *ւ* in *ուք* ist zu verbinden mit dem instrumentalen *ւ*, *բ*; *ք*, so wie das *ն* in *այն*, *եան* sind pronominalen Ursprunges.

2. Die Präpositionen.

Die Präpositionen zerfallen in 3 Classen.

1. In untrennbare, d. h. solche, die mit den Nominibus und Verbis, mit denen sie verbunden sind, Einen Begriff ausmachen. Viele von ihnen sind auch als eigentliche Präpositionen (3. Classe) im Gebrauch. Die untrennbaren Präpositionen sind folgende [1]): *ան* *privativum*, vor Labialen *ամ*, selten *ան*, zu Anfang besonders possessiver und determinativer Composita; z. B.

անայր 'ohne Mann', *անհայր* 'vaterlos', *ամբարիշտ* 'ungerecht', *անգէտ* 'unwissend'.

ապա, lat. *ab*, gr. ἀπό, *ապագործ* 'unbeschäftigt', *ապաժոյժ* 'ungeduldig'.

արտ *extra*, *արտասահման* 'verbannt, aus dem Gebiete heraus', *արտաբերել* 'heraustragen'.

բաղ *cum*, 'zusammen', *բաղաձայն* 'zusammenstimmend', *բաղադրել* 'zusammensetzen'.

---

[1]) Vergl. Windischmann, a. a. O. 39 folg.; und Cirbied, „Gramm. de la langue Arménienne" 124 folg.

բաց 'hinaus, fern', *բացաձայնութիւն* 'Disharmonie', *բացադարձիլ* 'sich entfernen, hinauswenden'.

գեր 'oben, über', dann auch 'sehr', *գերափառ* 'überberühmt, sehr berühmt', *գերադրել* 'erheben'.

դեր *pro*, *vice*, *loco*, *դերանուն* 'Pronomen', dann auch gleich ἀντί 'gegen', *դերաքրիստոս* 'Antichrist'.

ենթ 'unter', *ենթալուսնեայ* 'unter dem Monde befindlich'.

ենթագրել 'unterschreiben'.

ըն, vor Labialen *ըմ* 'in, ἐν', *ընտանի* 'im Hause befindlich, *domesticus*', *ընկղմել* 'eintauchen'.

ըստ 'in und gemäss', *ըստանձնել* 'in, auf sich nehmen', *ըստմասնեայ* 'gemäss dem Theil, theilweise'.

հակ *contra*, ἀντί, *հակադրութիւն* 'Opposition', *հակամարտ* 'Gegner', *հակադարձիլ* 'sich entgegenwenden'.

համ, *հոմ* *cum*, σύν, 'mit, zusammen', *համակամ* 'mitwollend, einstimmend', *համակեալ* 'zusammenleben'. *հոմանուն* 'desselben Namens'.

հրա, sanskr. *prâ*, 'vor, vorn', *հրամայել* 'befehlen'.

մակ 'über, auf', *մակաձի* 'der Reiter, der auf dem Pferde', *մակագրել* 'auf-, einschreiben'.

յետ *pone*, *post*, *յետգրութիւն* *postscriptum*, *յետահարել* 'zurückstossen'.

նախ 'vor', *նախաճառութիւն* 'Vorhersagung', *նախաշաւիղ* 'Vorläufer'.

ներ 'ein, hinein', *ներմարմնութիւն* *incarnatio*, *ներծածկել* 'begraben'.

նշ, *նժ*, sanskr. *nis*, 'aus, heraus', *նշդեհ*, *նժդեհ* 'verbannt'.

ն, sanskr. *ni*, 'nieder', *նստիլ* 'sich niedersetzen', von sanskr. *sad*, *sedere*.

շար '*cum*, zusammen', *շարադրել* 'zusammensetzen'.

պատ, sanskr. *patri*, 'gegen', *պատկեր* 'Bild', eigentlich 'Gegenmachung'.

պար, sanskr. *pari*, griech. περί, 'umher', *պարագիտել* 'umherschauen'.

վեր 'auf, in', dann auch 'zurück, wieder', wie das lat. *re* in *revertere*.

վերագրութիւն 'Aufschrift', *վերաբերիլ* 'sich erheben', *վերակոչել* 'wiederrufen, zurückrufen'.

տրամ wie *dia* in *diametral*, *տրամաչափ* 'Durchmesser'.

փաղ σύν, 'mit', փաղանուն 'synonym'.

փոխ *trans* und *vice, pro, loco,* փոխակերպել 'transformiren, ändern', փոխաբերել 'übertragen', փոխարքայ 'Vicekönig', փոխարքայուհի 'Vicekönigin'.

Sehen wir auf den Ursprung dieser Präpositionen, so finden wir, dass ein Theil von ihnen Präpositionen des Sanskrit entspricht. Ja die Präpositionen, die das Armenische als solche aus dem Sanskrit ererbt hat, sind alle in die Form und Bedeutung untrennbarer Partikeln übergegangen. Die übrigen genannten untrennbaren Präpositionen sind ursprüngliche Nomina, und zum Theil noch als solche, wenn auch selten, im Gebrauche, zum Theil nur mehr untrennbare Partikeln.

2. In Präfixe zur Bildung oder nähern Bestimmung einzelner Casus. Diese sind զ und 'ի (vor Vocalen յ).

3. In eigentliche Präpositionen im engern Sinne, d. h. Adverbien, die zu den Casus der Nomina und Pronomina hinzugefügt werden, um die Bedeutung derselben näher zu bestimmen oder die Beziehung des Begriffes des Verbi zu dem dieser Casus deutlicher auszudrücken, als dies durch den blossen Casus geschehen könnte. Aus diesem Begriffe von Präpositionen im engern Sinne folgt, dass sie nicht den Casus regieren und der Casus nicht sie regiert, sondern dass Casus und Präposition zusammen nach ihrer Bedeutung Einen Begriff bilden. Hiermit ist gegeben, dass ein und dieselbe Präposition mit verschiedenen Casus in Verbindung treten kann. Diese Präpositionen sind mit Ausnahme voz 'ի (յ vor Vocalen) 'in, auf, nach' und ց'zu, zu hin' ursprüngliche zu Adverbiis gewordene Nomina, die theils noch als solche, theils nur mehr im adverbialen Gebrauche als Präpositionen im Sprachschatze vorhanden sind. Die ersteren Nomina, die als solche im Sprachbewusstsein noch fortleben, werden als Präpositionen gebraucht alle mit dem Genitiv verbunden, wenn nicht gerade der der Präposition innewohnende Begriff in einem andern Casus seinen constanteren oder schärferen Ausdruck findet, wie z. B. der Begriff von հանդերձ, eig. 'Kleid', als Präpos. 'mit' in dem Instrumentalis, in welchem Falle dieser Casus prävalirt. Die Gestaltung der Nomina als Präpositionen ist sehr verschieden und durch den Gebrauch fixirt.

Solche als Präpositionen gebrauchte Nomina sind:

վասն *propter, de;* փոխան, փոխանակ *loco, pro;* ներքոյ, 'ի ներքոյ *infra, sub;* 'ի վեր, 'ի վերայ, 'ի վերոյ *supra;* 'ի մէջ, 'ի միջի *inter*; 'ի ձեռն *per*; զհետ, զկնի *post*; աղագաւ, յաղագս *propter, de*; առաջ *coram, ante* u. a. m.

Die Nomina, die als solche ganz aus Sprachgebrauch und Sprachbewusstsein geschwunden sind und nur mehr als Präpositionen gebraucht werden, sind wenige an Zahl, und werden häufiger als die eben besprochenen, mit verschiedenen Casus verbunden, und kann daher auch ihre Bedeutung a priori nicht genau festgestellt werden. Das Genauere über ihre Bedeutung und Verbindung mit den einzelnen Casus hat die Beobachtung zu lehren.

Die gebräuchlichsten dieser Art sind:

առ mit dem Gen. Dat. 'für, bei, bis', mit dem Acc. auf die Frage 'wohin', mit dem Ablat. 'von, weg', mit dem Instrum. in localer und temporaler Bedeutung auf die Frage 'wo, wann'.

ընդ mit allen Casus *propter, in, cum, contra, per, intra, versus, sub.*

ըստ mit Gen. Dat., Accus., Ablat. *supra, post, secundum, de.*

մինչև mit Gen. Dat. und Accus. *usque ad.*

3. Conjunctionen.

Die Conjunctionen verbinden zwei oder mehrere Wörter oder Sätze mit einander, und drücken das Verhältniss derselben zu einander aus. Sie sind theils primitive, theils abgeleitete, theils durch Composition entstandene. Die gebräuchlichsten sind:

և *et*, և — և *et — et*, ոչ միայն — այլ և *non solum — sed etiam*; կամ *aut*, կամ — կամ *aut — aut*; այլ, բայց *sed, autem*, սակայն *attamen*; թէ 'dass', ὅτι, oft abundirend, dient auch dazu, eine vorhergehende Conjunction wieder aufzunehmen und zu ersetzen; զի *nam*; երանի թէ, իցէ թէ, իցիւ, ո՛վ, ո՛չ *utinam*; քանզի *quia*; վասնզի *propterea quod*, ուստի *quare, qua de causa*; եթէ *si*, միայն թէ *dummodo*; զի, առ ի *ut*, զիմի, գուցէ *ne*; իբր, իբրև *quasi*; թէպէտ *quamvis*; առաջ քան, մինչչև *antequam*, հետ *postquam*, ցորքան, մինչչդեռ *dum*, մինչև *quamdiu*, զի, զիարդ *quare* u. s. w.

4. Interjectionen.

Die Interjectionen sind Naturlaute der Bewunderung, der Klage, der Freude, des Wunsches, des Hohnes, des Abscheues, der Drohung, Ermahnung. Die gebräuchlichsten sind:

Des Wunsches: ո՜վ օ՜շ; der Bewunderung: ո՞, ո՞վ, բա՛րէ, վա՜շ; der Klage: ո՜ ո՜, ո՜վ ո՜վ, ո՜հ ո՜հ, է՜հ, վա՜յ, ա՜ ա՜, ափսո՜ս, աղէ՜տ, աւա՜ղ, եղո՜ւկ; der Freude: վա՜շ, ո՜հ ո՜հ; des Hohnes: վա՜հ, ո՜հ յէ՜հ հէ՜հէ՜, այ՛, է; der Drohung und des Abscheues: այ՛, ո՜վ, ճշա, պյի, տիր; der Ermahnung: ա՛դէ, հա՛պա, օ՛ն, հա՛ u. s. w.

B. Wortbildung.

I. Bildung der Nomina.

Abgesehen davon, dass im Armenischen sich viele Wortgebilde durch nichts oder durch blosse euphonische Hilfslaute von ihren Wurzeln unterscheiden, wie z. B. die Interjectionen, die primitiven Adverbien, Zahlen, Pronomina, Präpositionen und Conjunctionen, viele Adjectiva und Substantiva, geschieht die Bildung der armenischen Nomina auf doppelte Weise, durch Suffixe und durch Composition.

1. Bildung der Nomina durch Suffixe.

Die Bildung der Nomina durch Suffixe ist eine doppelte; sie ist eine primäre, wenn sie aus Wurzeln durch ihre Suffixe (primäre Suffixe) Wortstämme, und eine secundäre, wenn sie aus Wortstämmen durch ihre Suffixe (secundäre Suffixe) neue Wortgebilde erzeugt. Die primären und secundären Suffixe fallen zum grossen Theil zusammen; daher lässt sich eine strenge Scheidung derselben nicht durchführen. Als primäre Suffixe dienen die Pronominalwurzeln *a*, *ta*, *ja*, *ka*, *na* u. s. w., und gehören zu ihnen und sind schon gelegentlich betrachtet, ա, ն, կ, ք, չ, [illegible], քն, ա-յին, ո-յին als Elemente pronomimalen Ursprunges zur Bildung der Pronomina, դ, տի, ր, ք, [illegible] desselben Ursprungs zur Bildung von Adverbiis, լ, ող, ուղ, ոց, ի, եալ als Bildungssilben des Infinitivs und der Participia, ց als Bildungsmittel des Aorist I., des Futurs und des Conjunctivs.

Von secundären Suffixen sind schon zur Sprache gekommen das Comparativsuffix, die zur Bildung der verschiedenen Arten von Zahlwörtern aus den Grundzahlen und einige zur Bildung von

Adverbiis benützte Suffixe. Die übrigen primären und secundären Suffixe lassen sich in folgende Classen zusammenstellen [1]):

1. Suffixe, welche die Herkunft und Abstammung, die Angehörigkeit, die Mitgliedschaft von Secten, Schulen, Parteien u. s. w. bezeichnen. Diese sind: *եայ*, *եան*, *եանց*, *ի*, *ցի*, *ակ*, *կի*, *ուկ*, *ք*, *այք*, *իք*, *անք*, *կան*, *ունի*; z. B. *Յաբեթեայ* 'der Japhethite', *Հայկեան* 'der Armenier', *Թոգորմեանց* 'der Thogormite', *Քաղդեացի* 'der Chaldäer', *քաղաքական* 'der Städter', *Մանիքեցի* 'der Manichäer', *յունական* 'griechisch', *ասիական* 'asiatisch' u. s. w.

Das Suffix *ցի* findet sich am häufigsten und gewöhnlich mit dem Bindevocal *ա* in der Form *ացի*. Diese Bildungen auf *ցի* haben im Genitiv *ցւոյ*, und gehen nach der vocalischen *ո*-Declination.

Andere Suffixe, die hierher gehören, finden sich an Eigennamen, um andere zu bilden, nämlich *գեն*, *գէն*, *կեն*, *իթ*, *էթ*, *իճ*; *էճ*, *ուել* u. a.

2. Suffixe, um den Personen, Sachen und Handlungen eigenthümlichen Ort des Zusammenseins und Geschehens zu bezeichnen. Diese sind: *ստան*, *ստանի*, *ոց*, *անոց*, *ենոց*, *ւան*, *մնի*, *րան*, *ան*, *եան*, *ակ*, *եակ*, *ի*, *ուտ*, *ուրդ*; z. B. *Հայաստան* 'Armenien', *Հրէաստանի* 'Juda', *Հիւանդանոց* 'Hospital', *իջեւան* 'Herberge', *վարդմնի* 'Rosengarten', *կայան*, *կայեան* 'Aufenthaltsort', *օթանոց* *օթեակ*, *օթեւան*, *օթեվան*, *օթարան* 'Logis' u. s. w.

3. Suffixe, angefügt an die Namen von Früchten und Blumen, zur Bildung der Namen der diese tragenden Bäume und Pflanzen. Diese sind: *ենի* und *ի*; z. B. *վարդ* 'Rose', *վարդենի* 'Rosenstock'; *ծիրան* 'Abricose', *ծիրանենի* 'Abricosenbaum'; *կաղին* 'Eichel', *կաղնի* 'Eichbaum'.

4. Suffixe, um Nomina (Substant. und Adject.) der Eigenschaft zu bilden.

a) Im allgemeinen ohne genau bestimmbaren Begriff. Solche sind: *այ*, *եայ*, *ին*, *ային*, *ակ*, *իկ*, *ուկ*, *կան*, *ան*, *ղանի*, *ընդի*, *ի*, *ոյ*, *ու*, *ոտ*, *ոտի*, *ուտ*, *ւան*, *եղ*, *եղի*, *նի*, *անի*, *եան*, *ենի*, *ունի*, *ուն*, *էն*, *ած*, *ածոյ*, *ածու*, *ուած*, *ուածոյ*, *ուրդ*, *գար*, *աւոր* u. a. m. *աւոր* hängt zusammen mit dem persischen وار von آوردن. Z. B. *աստուած* 'Gott', *աստուածային* 'göttlich';

---

[1]) Vergl. Cirbied. A. a. O. 138. folg.

Հայկ 'Haik', հայկական 'haikanisch, armenisch'; արքայ 'König', արքունի 'königlich'; իմաստ 'Verstand', իմաստուն, իմաստնաւոր 'verständig'; փառք 'Ruhm', փառաւոր 'ruhmvoll'; ծովեզր 'Meeresufer', ծովեզերի 'am Meeresufer gelegen' u. s. w.

b) Suffix zur Bildung von Adjectivis aus Stoffnamen, եղէն und ի; z. B. մարմին 'Körper', մարմնեղէն 'körperlich'; ոսկի 'Gold', ոսկեղէն 'golden'; մաշկ 'Leder', մաշկեղէն 'ledern'; արծաթ 'Silber', արծաթի 'silbern'.

c) Die Suffixe ճան, մէտ, մոլ, շոտ bilden Adjectiva, die eine leidenschaftliche Neigung zu etwas ausdrücken; z. B. կին 'das Weib', կնաճան 'weibersüchtig'; ախտ 'Laster', ախտամէտ 'lasterhaft'; կռուիլ 'zanken', կռուամոլ 'zanksüchtig'; պագանել 'küssen', պագշոտ 'kusssüchtig'.

d) Die Suffixe արդ und շի bilden Adjectiva zur Bezeichnung der Form und Gestalt; z. B. վիմարդ 'steinförmig', լայնաշի 'langförmig'; von վէմ 'Stein' und լայն 'lang'.

e) Suffixe zur Bildung von Adjectiven der Zeitbestimung. Diese sind: եայ, եան, կան, այն, այնի, ին, ային, ի, է, ոյ, ոյին, որի, որին, որեայ, որնեայ; z. B. միջօրեայ 'mittägig', գիշերային 'nächtlich', հնգամեան 'fünfjährig', չորեքօրեայ 'viertägig', երեկոյ, երեկոյին 'abendlich' u. s. w.

f) Suffixe zur Bildung der Deminutiva: ակ, ոյկ, ուկ, եկ, իկ, եակ; z. B. նաւ 'Schiff', նաւակ 'Schiffchen', այր 'Mann', այրուկ 'Männchen'; գառն 'Lamm', գառնիկ 'Lämmchen'.

g) Die Suffixe ատ, ուղ, գար, մէտ drücken eine Privation aus; z. B. ծայր 'Kopf', ծայրատ 'kopflos'; այր 'Mann', արուղ 'unmännlich'; լոյս 'Licht', լուսագար 'lichtlos, geblendet'; խելք 'Geist', խելամէտ 'geistlos'.

5. Suffixe zur Bildung der Nomina abstracta der Handlung. Die gebräuchlichsten sind: թիւն (immer mit dem Bindevocal ու in der Form ութիւն); dasselbe թիւն wird bei Antritt an Wurzeln, die auf ս auslauten, zu տ, und bei Antritt an Wurzeln, die auf ն und ր auslauten, zu դ reducirt, wobei zugleich der sonst stets eintretende Bindevocal ու vor ս, ն, ր tritt: ստ, ումն, ած, ուած, ուածոյ, ան, ուն, ոյթ, օթ, ակ, ուկ, ոյց, ուց, ոց, ք, իք u. s. w.; z. B. բազմութիւն 'Menge', գալուստ 'Ankunft', ժողովուրդ 'Versammlung', գովեստ 'Lob', իմաստ 'Verständniss', երդումն 'Eid', լալումնք 'Klage', երևոյթ 'Erscheinung' u. s. w.

6. Suffixe zur Bildung der Nomina concreta der Handlung: իչ, ուչ, ակ, եակ, իկ, ուկ, կու, կան, կեր, ան, եայ, ած, երիմ, որդ, աւոր, նակ; z. B. մկրտիչ 'Täufer', տուիչ 'Geber', փորձիչ 'Versucher', առաքիչ 'Sender', երգակ 'Sänger', իշխան 'Herrscher', վարորդ 'Arbeiter', մեղաւոր 'Sünder', խօսնակ 'Vermittler' u. s. w.

7. Suffixe zur Bildung der Nomina instrumenti der Handlung. Diese sind: ոց, իչ, որդ, ի, իկ, իք, կի, կիք, այ, աղակ, ան, արան, անակ, նակ, ակ, ուկ, եկ, կէն, ուտ, ուկլ, ուկլակ; z. B. գրոց, գրիչ 'Feder', գործի, գործիք 'Werkzeug', նուագարան 'Gesangbuch', պատրուակ 'Schleier, Masque' u. s. w.

8. Suffix zur Bildung von Nominibus concretis von Sachnamen in der Weise unsers 'Gärtner, Pförtner' ist besonders պան; z. B. պարտէզ 'Garten', պարտիզպան 'Gärtner'; դուռն 'Pforte', դռնապան 'Pförtner'; այգի 'Weinberg', այգեպան 'Winzer'.

2. Bildung der Nomina durch Composition.

Im Armenischen lassen sich die 6 Classen von Composita des Sanskrit nachweisen und belegen [1]).

a. Copulativ-Composita.

Die Composita dieser Classe bestehen aus zwei Substantiven, die einander coordinirt und durch և oder ու verbunden sind; z. B. այրուձի 'Mann und Pferd, Ritter'; ելևմուտ 'Aus- und Eingang, Ausgabe und Einnahme'; ելևէջ 'Auf- und Absteigen'.

Ähnliche Composita sind die durch doppelte Setzung des Positivs gebildeten Superlative; z. B. մեծամեծ 'sehr gross', վաղվաղ 'sehr schnell'.

b. Possessive Composita.

Die Composita dieser Classe drücken als Adjective oder Appellative den Besitzer dessen aus, was die einzelnen Theile der Zusammensetzung bedeuten, so dass der Begriff des Besitzenden immer zu suppliren ist.

Das zweite Glied der Zusammensetzung ist ein Substantiv oder ein substantivisch gebrauchtes Adjectiv, das erste Glied jeder

[1]) Bopp. A. a. O. III. 450 folg.

Redetheil, ausser den Verben, Conjunctionen und Interjectionen: z. B. մարդակերպ 'Menschengestalt habend', վարդագոյն 'Rosenfarbe habend', քաջայոյս 'starke Hoffnung habend', հաստաբազուկ 'starken Arm habend', երկայր 'zwei Männer habend', երկադիպակ 'zwei Öffnungen habend'.

այլաձեւ 'andere Form habend', այնչափ 'dieses Mass habend', նոյնձայն 'dieselbe Stimme habend'.

անահ 'nicht Furcht habend, furchtlos', անհայր 'nicht Vater habend, vaterlos', ապագործ 'nicht Beschäftigung habend, unbeschäftigt', ապաժոյժ 'nicht Geduld habend, ungeduldig'.

Zu den possessiven Compositis, deren erster Theil ein Zahlwort ist, gehören alle zeitbestimmenden Adjective, deren erster Theil ein Zahlwort, und deren zweiter ein von ամ und օր gebildetes Adjectiv ist: ամեայ, ամեան, օրեայ u. s. w.; z. B.

հնգամեայ 'fünfjährig', չորեքօրեայ 'viertägig'.

c. Determinative Composita.

Das letzte Glied der Composition ist ein Substantiv oder Adjectiv, welches durch das erste (Substantiv, Adjectiv, Zahlwort, Pronomen und untrennbare Partikel) näher bestimmt wird; z. B. կաթնատամն 'Milchzahn', կիսամարդ 'Halbmensch'. չորրորդապետ *tetrarcha*, տասնապետ *decemvir*, մերազնեայ 'unserer Nation angehörig', անգէտ 'unwissend'.

d. Abhängigkeits-Composita.

Diese Classe bildet Composita, deren erstes Glied vom zweiten abhängig ist; z. B. մարդամահ 'Menschenmord', աշտարակաշինութիւն 'Thurmbau'.

e. Collective Composita.

Das zweite Glied dieser Composita ist ein Substantiv, das erste ein Zahlwort, wie im lat. ***biduum***, ***trinoctium*** u. s. w.; z. B. երկամ *biennium*, քառեամ *quadriennium*.

f. Adverbiale Composita.

Das erste Glied dieser Composita ist eine Partikel, das zweite ein Substantiv, beide zusammen bilden ein Adverbium; z. B. ՚ի բաց 'hinaus', զկնի 'nach, darauf', զարդին 'jetzt' u. a. m.

II. Bildung der Verba.

Die Bildung der Verba geschieht wie die der Substantive durch Ableitung und Composition.

1. Abgeleitete Verba.

Als abgeleitete Verba nach Form und Bedeutung sind im Armenischen nur die Verba denominativa zu betrachten, welche durch Anfügung der Infinitivendung mit vorhergehendem Classenvocal ա, ե, ի (nicht ու) oder der eigentlich zur Bildung der Denominativa dienenden Silbe անա, geschwächt ենա, von Nominibus (Substantivis und Adjectivis) gebildet werden. Es ist aber wohl zu beachten, dass nicht alle mit անա, ենա im Präsens augmentirten Verba Denominativa sind. In vielen Verbis dieser Form ist նա, նե das *na* der skr. IX. Conjugation, wie auch das նու eines Theiles der Verba der armenischen III. Conjugation dem *nu* der skr. V. Conjugation entspricht; z. B. ծաղր 'das Lachen', ծաղրել 'lachen'; մերձ 'nahe', մերձենալ 'sich nähern'; խրոխտ 'übermüthig', խրոխտալ 'übermüthig sein'; ընտանի 'zur Familie gehörig', ընտանանալ 'Familienmitglied werden'; ծագ 'Spitze', ծագիլ 'spitz werden, erscheinen, hervorkommen u. s. w.'

Die durch չ, նչ augmentirten Präsensstämme sind nur der Form, nicht der Bedeutung nach als abgeleitete Verba, nämlich als Verba desiderativa, entsprechend den griechischen auf ισκω, zu betrachten; z. B. փախչիլ 'fliehen', verglichen mit փախուստ 'Flucht'; երկնչիլ 'fürchten', verglichen mit երկեղ, երկիւղ 'Furcht'.

2. Zusammengesetzte Verba.

Es lassen sich im Armenischen drei Arten zusammengesetzter Verba unterscheiden.

1. Viele Verba verbinden mit sich untrennbare Präpositionen zum Ausdruck beider Begriffe durch ein Wort. Beispiele siehe im Abschnitte über die Präpositionen.

2. Verba intransitiva werden zu transitivis und transitiva zu causativis durch Zusammensetzung mit ցուցանել *ostendere, declarare, reddere*. Die Zusammensetzung geschieht so, dass ցուցանել

entweder an die Form des Aor. I. tritt, wobei das erste ց von ցուցանել mit dem ց des Aoristi in eins verschmilzt, oder an den Aor. II., also an den reinen Stamm des Verbi, wobei das ց in ցուցանել abfällt; z. B. ամրանալ *firmum esse*, Aor. I. ամրաց, ամրացուցանել *firmum reddere; լսել audire*, Aor. I. լսեց, լսեցուցանել *facere ut quis audiat; թաքչել se abscondere*, Aor. II., թաք, թաքուցանել *abscondere*.

Ist der letzte Radicale des Aor. II. ein լ, so geht das zweite ց von ցուցանել in ղ über; z. B.
ելանել *exire*, Aor. II. ել, ելուղանել *educere*.
կորնչել *perire*, Aor. II. կոր, bildet mit ցուցանել die Form կորուսանել *perdere*, und մտանել *intrare*, Aor. II. մտ die Form մուծանել *introducere*.
ցուցանել und seine Composita bilden im Aor. II. ցուցի, ցուցիր, ցոյց u. s. w. ելուղի, ելուղիր, կորուսի, կորուսիր, մուծի, մուծիր u. s. w. Im Imperativ des Aor. II. fällt ց und dessen Stellvertreter ղ, ս ab nebst dem vorhergehenden ւ; z. B. ցո՛, ամրացո՛, կոցո՛. մուծի hat im Imperat. մուծ, und ելուղի hat ելուղեա՛.

Das Fut. II. bildet sich regelmässig ցուցից, ամրացուցից u. s. w. Bei Antritt der Personalendungen fällt der Hilfsvocal ի ab, und geht das erste der so zusammentreffenden ց in ս über.

3. Zwei Verba verbinden sich öfters durch և mit einander zu Einem Begriffe in der Weise der Nomina compos. copulativa; z. B. երթևեկել 'gehen und kommen, hin und hergehen'.

III. Theil.

S a t z l e h r e.

I. Wortstellung.

Substantiv und Attribut, Subject und Prädicat, Verbum und das von ihm abhängige Nomen, sowie das zu ihm gehörige Adverbium sind im Satze in ihrer Beziehung zu einander nicht an bestimmte Stellen gebunden.

Die Präpositionen stehen in der Regel vor ihrem Nomen, und die Conjunctionen zu Anfang des von ihnen getragenen Satzes.

Die Appositionen und Relativsätze folgen dem durch sie zu erklärenden und näher zu bestimmenden Worte unmittelbar oder mittelbar, können demselben aber auch vorausgehen.

II. Übereinstimmung.

1. Des Attributes mit seinem Substantive.

Atribute, vor oder nach dem Substantive stehend, stimmen mit demselben überein im Casus und Numerus oder blos im Casus (selten), oder stehen ohne jede Flexion in der Form des Nominativi Singularis; z. B. *աստուածայնոց շնորհաց divinarum gratiarum, ժամանակօք անբաւիւք temporibus infinitis, մեծաւ պարգևօք magnis cum muneribus, գեղեցիկ խնդրոյ pulchrae quaestionis, գիրք առաջին liber primus.*

Zwei oder mehrere Attribute, entweder alle vor oder alle nach, oder zum Theil vor, zum Theil nach dem Substantive stehend, sind entweder alle nach dem Casus und dem Numerus des Substantivs flectirt, oder es ist keines oder blos eines oder einige flectirt und die übrigen unflectirt; z. B. *առ երկայնանոտիւ միով լերամբ* 'unten an einem ausgedehnten Berge'; *'ի դաշտի միում փոքու* 'in einer kleinen Ebene'; *քո յոյժ մեծացդ ընդունականութիւն* 'deines grossen Geistes Empfänglichkeit', *խոհականութեան քո վառ և բորբոք* *sapientiae tuae splendentis et igneae; իմոց իսկ ախորժակաց meis veris gustibus; սկայից անհուն, խոլաց և ուժաւորաց Gigantum ingentium, insensatorum et robustorum; անձնապետի և քաջաղեղան արին կորովաբանի և հանճարեղի principis juvenis et arcus periti, eloquentis et sapientis.*

Ist das Attribut flectirt, so dass in Betreff des Numerus und Casus des Substantivs kein Zweifel obwalten kann, so bleibt letzteres in den Cas. obliquis bisweilen ohne Flexion, besonders wenn es ein Eigenname ist.

Die Numeralia stehen zu ihrem Substantive im Verhältnisse des Attributes, und theilen daher auch die eben erörterten Eigenthümlichkeiten desselben.

Bezüglich der Numeralia cardinalia von zwei aufwärts sind jedoch folgende zwei, nicht gerade seltene, Abweichungen zu bemerken.

1. Nach dem Num. card. steht der gezählte Gegenstand sehr gerne im Ablativus Pluralis (darüber im Allgemeinen beim Ablativus), auch dann, wenn die Zahl nicht einen bestimmten Theil der gegebenen Gegenstände, sondern alle in sich begreift; z. B. *սորա երկուք յարձանագրութեանց* 'von ihm rühren her zwei Säulen, d. h. die zwei bestimmten Säulen'.

2. Nach den genannten Zahlen steht der gezählte Gegenstand im Pluralis, häufig aber auch im Singularis; z. B. *յետ վաթսուն ամի* 'nach sechzig Jahren', *պատարագ հարիւր քանքարոյ* 'ein Geschenk von hundert Talenten'.

2. Der Apposition mit ihrem Substantive.

Die Apposition richtet sich nach ihrem Substantive im Casus; z. B. *տայ Կադմեայ որդւոյ իւրոյ* 'er gibt dem Kadmus, seinem Sohne'.

Ist das Substantivum, zu dem die Apposition gehört, ein Accusativus mit der Nota Accus. *զ*, so steht die Apposition in der Regel ohne *զ*; z. B. *քաղաք տայ զ Մծբին* 'er gibt ihm die Stadt Medsbin', *հաւաքէ զորդիս իւր և թոռունս արս քաջս և աղեղնաւորս թուով յոյժ նուազունս* 'er schickt seine Söhne und Enkel, tapfere und des Bogens kundige, an Zahl sehr wenige Männer'.

Die Präposition, die vor einem Substantive steht, wird in der Regel vor der Apposition des letzteren nicht wiederholt; z. B. *Թուղթ Վաղարշակայ առ մեծն Արշակ արքայ Պարսից* 'Brief Vagharschak's an den grossen Arschak, König der Perser'.

Die Apposition, eingeleitet durch *որ է* '*quod est*', richtet sich im Casus nach ihrem Sustantive; z. B. *՚ի գործոց մերոց որ է յանօրէնութեանց* 'von unseren Mühen, d. h. Gesetzwidrigkeiten (wird er befreien)'.

3. Des Prädicates mit dem Subjecte.

Ist das Prädicat ein Verbum, so richtet es sich immer nach dem Subjecte im Numerus. Auf Collectiva im Singularis und auf das Pron. relat. *որ* im Sing., wenn es sich auf einen Pluralis bezieht, folgt das Verbum im Pluralis.

Ist das Subject ein Pluralis und das Prädicat ein Verbum auxil., *եւ, լինիլ, եղանիլ, գտանիլ*, mit einem Adjectiv oder Particip des Aoristi in activer oder passiver Bedeutung, so richtet sich das Verb. auxil. immer nach dem Subjecte im Numerus. Adjectiv und Particip können aber sowohl mit als ohne Pluralzeichen stehen; z. B. *՚ի միտ եդի գիտել թէ ովք ոմանք իցեն տիրեալ աշխարհիս Հայոց* 'ich habe es mir in den Kopf gesetzt, zu wissen, welche über das Gebiet Armeniens geherrscht haben'. Statt *տիրեալ* könnte auch *տիրեալք* stehen.

4. Des Pronom. relativi mit dem Nomen, worauf es sich bezieht.

Das Pron. relativum richtet sich nach dem Nomen, worauf es sich bezieht, im Numerus; sein Casus wird bestimmt durch die Construction des Satzes, den es einleitet. Jedoch

1. sehr häufig steht das auf einen Pluralis sich beziehende Pron. relativum, besonders wenn es Nominativus oder Accusativus ist, ohne Pluralzeichen;

2. wird das Nomen, auf welches sich das Pron. relativum bezieht, in den Relativsatz gezogen, ohne dass es im Hauptsatze durch ein Pron. demonstrativum ersetzt wird;

3. findet bisweilen die aus dem Griechischen bekannte Attracion statt, die darin besteht, dass das Pron. demonstrativum, das nach der Satzconstruction in einem Casus obliquus stehen sollte,

ausgelassen wird, und das Pron. relativum das im Accusativ stehen sollte, in den Casus des Pron. demonstrat. tritt; z. B. ոչ ինչ յորոց խորհէր Արշակ ծածկէր 'Arschak verheimlichte nichts von dem, was er dachte'. Für ոչ ինչ ՚ի նոցանէ, որս.

III. Casuslehre.

1. Nominativus.

1. Der Nominativus ist der Casus des Subjectes und des prädicativen Nomens und Particips.

Das Nomen und Particip, welches mit einem Verb. auxil. oder Verb. passivo, dessen Activ den doppelten Accusativ regirt, z. B. 'genannt, ernannt, erwählt, gemacht werden zu etwas' u. s. w., das Prädicat ausmacht, steht auch dann im Nominativ, wenn das mit ihm verbundene Verbum als Infinitiv in einem andern Casus steht; z. B. առ ՚ի լինելոյ գտաւղք 'um Finder zu werden', *ut fiant inventores.*

2. Der Nominativus steht oft zu Anfang eines Satzes als Nominativus absolutus, während die Construction einen andern Casus verlangt, der dann bisweilen durch ein Pronomen bezeichnet wird; z. B. այնոցիկ որք . . . զի արդեւք և մեղադրութիւն մեր այնպիսեացն ՚ի ձահ պատահիցէ 'jene, welche . . . , wie sehr möchte unser Tadel für solche ein passender sein'.

3. Nebensätze, die im Lateinischen durch die Construction des Ablat. absoluti und im Griechischen des Gen. absoluti dem Hauptsatze eingefügt werden, können im Armenischen durch den Nominativus absolutus ausgedrückt werden, wobei sich das Verbum in der Form des Particips im Casus (Nominativus) und Numerus — jedoch hierin nicht immer — anschliesst; z. B. և ընդ այս մի ոք զարմասցի եթէ, բազում ազգաց լեալ մատենագիրք, մեք զՅունացն միայն յիշեցաք զպատմագիրս 'darüber wird sich Niemand wundern, dass wir, obgleich es Schriftsteller vieler Völker gibt, die Schriftsteller der Griechen allein citiren'; և այսոքիկ զրոյցք սուտ և կամ թէ արդարև լեալք, մեզ չէ ինչ փոյթ 'sei es, dass diese Erzählungen falsch, sei es, dass sie wahr sind, uns ist darum kein Kummer'.

2. Accusativus.

1. Der Accusativus ist der Casus des directen Objectes. Zu ihm tritt, wenn er bestimmt ist, regelmässig die Nota Accusativi զ. Dieses զ tritt auch zugleich vor Adjective und Genitive, die einen Accusativus näher bestimmen, wenn sie demselben vorangehen, — bisweilen auch, wenn sie demselben nachstehen — selbst dann, wenn der Accusativus als Nomen regens des Genitivus ausgelassen und nicht durch ein Pronomen vertreten ist. Beispiele siehe hierüber beim Genitiv.

Sind mehrere Accusative coordinirt, so nehmen alle das զ zu sich, oder blos der eine oder andere.

Ganze Sätze, welche Object eines Verbums sind, nehmen ebenfalls զ vor sich; z. B. *Հարցանէր զո՞ւր ես* 'er wird gefragt, wo bist du?' *զոր սկիզբն լինել ասաց quod initium fieri dixit.*

Der unbestimmte Accusativ, auch wenn er *մի* und *ոմն* bei sich hat, der Accusativ des Prädicates beim doppelten Accusative, die Accusative, die mit dem Verbum nur einen Begriff ausmachen, so wie die Accusative, die durch Präpositionen näher bestimmt sind, nehmen das զ nicht an; z. B. *ծնցի որդի* 'sie wird einen Sohn gebären', *շինէ մի գիւղ* 'er erbaut ein Dorf', *եդոյց զնա հովիւ* 'er machte ihn zum Hirten', *հաւ առնել* 'den Anfang machen'.

Jedoch findet sich զ bisweilen auch beim unbestimmten Accusative, und ist auch beim bestimmten ausgelassen; bisweilen ist զ beim Accusative ausgelassen, und steht nur bei der näheren Bestimmung desselben.

2. Der doppelte Accusativ steht bei den Verbis 'zu etwas machen, ernennen, erwählen, Jemanden etwas nennen' u. s. w.; z. B. *եդոյց զնա հովիւ* 'er machte ihn zum Hirten', *կոչեսցես զանուն նորա Յիսուս* 'du wirst seinen Namen Jesus nennen', *Զրուան զՍեմ կոչեն* 'sie nennen den Sem Srovan'.

3. Die Verba dicendi und sentiendi nehmen den folgenden im Deutschen mit 'dass' beginnenden Satz in den Accus. cum Infinitivo oder Acc. cum Participio; z. B. *որում ոչ զոք ընդդիմանալ կարծեմ cui neminem adversari puto*, *ասեն զԿրոնոս Նեբրովթ լինել* 'sie sagen, dass Kronos Nebroth sei', *առաջին իւրեանց մարդ լինել զՀեփեստոս և գտանել հրոյ ասեն* 'sie sagen, dass Hephestos ihr erster Mensch und Erfinder des Feuers sei'.

4. Der Accusativus steht zur Angabe der Zeitdauer auf die Frage 'wie lange' und der Ausdehnung auf die Frage 'wie alt, wie hoch, wie lange' u. s. w.; z. B. *շարս տասն* 'zehn Saren', *Ադամ կեցեալ ամս երկերիւր և երեսուն ծնանի զՍէթ* 'Adam, gelebt habend 230 Jahre, zeugt den Seth'.

Bei Angabe des Alters kann der Ausdruck für unser 'alt' auch wegbleiben; z. B. *Սէմ ամս հարիւր ծնանի զԱրփաքսաթ* 'Sem, hundert Jahre alt, zeugt den Arphaxath'.

5. Der Accusativ gibt als Casus localis die Richtung an, in welcher eine Thätigkeit sich vollzieht, jedoch nur in Verbindung mit Präpositionen: *'ի, ց* 'zu, hin'; *ըստ, ընդ, առ* 'nach, gegen'; *մինչև, մինչև ց* 'bis, bis hin' u. dergl.; z. B. *յետ նաւելոյ Քսիսութրեայ 'ի Հայս* 'nach der Fahrt des Xisuthr nach Armenien', *ասէ ցնա* 'er sagt zu ihm', *առաքէ առ Արշակ մեր թագաւոր թուղթ* 'er sendet an unsern König Arschak einen Brief'.

Selten steht der Accusativ mit der Präposition *'ի* auf die Frage 'wo'.

6. Der Accusativus steht mit der Präposition *'ի* in der Weise des lat. Accus. mit *inter*, besonders nach wirklichen oder logischen Superlativen; z. B. *գեղեցիկ 'ի կանայս* 'die schönste unter den Weibern', *առևծ հզօր է 'ի գազանս* 'der Löwe ist das mächtigste unter den Thieren'.

7. Der Accusativ steht als Casus temporalis auf die Frage 'wann' mit der Präposition *'ի*. In der Regel finden sich als solche Accusative nur substantivisch gebrauchte Infinitive, die dann je nach dem Sinne des Satzes Präsens- oder Perfectbedeutung haben; z. B. *'ի բաժանել սոցա զերկիրս* 'als diese den Erdkreis theilten (beim Theilen dieser den Erdkreis)', *'ի հաստատել տիտանեանն Բելայ զթագաւորութիւն իւր առաքէ* 'als der Titane Bel seine Herrschaft befestigt hat, sendet er'.

8. Der Accusativus der Vergleichung.

Wirkliche Comparative und Wörter mit comparativer Bedeutung nehmen den verglichenen Gegenstand in den Accusativ mit *զ*. Das deutsche 'als', lat. *quam*, wird durch *քան* ausgedrückt.

Die Conjunctiones comparativae, wie *իբրև*, nehmen den verglichenen Gegenstand auch in den Accusativ mit *զ*. aber ohne *քան*; z. B. *մեծագոյն քան զիս* 'grösser als ich', *յառաջ քան զմեզ* 'vor uns, früher als wir', *ո՞չ ապաքէն ոգի առաւել քան զկերակուր և մարմին քան զհանդերձ* 'ist die Seele nicht mehr als die Speise, und der Körper nicht mehr als das Kleid?' *յորժամ կայցէք յաղօթս, մի շատախօսք լինիք իբրև զհեթանոսս* 'wenn ihr betet, so schwatzet nicht viel wie die Heiden'.

3. Genitivus.

1. Der Genitiv dient zur Bezeichnung der Beziehung zweier Nomina und der in ihnen liegenden Begriffe zu einander.

2. Das Nomen regens wird, wenn es aus dem Vorhergehenden ergänzt werden kann, vor seinem Genitive ausgelassen, ohne durch ein Pronomen vertreten zu werden; z. B. *Արշակ որոյ անձն և պատկեր որպէս և է իսկ մեր աստուածոց* 'Arschak, dessen Seele und Bild ist, wie auch in der That das unserer Götter ist'.

Ist das Nomen regens ein Accusativ, so wird es, wenn es ausgelassen ist und ergänzt werden soll, vertreten durch die Nota Acc. *զ*, die vor den Genitiv tritt; z. B. *այլ և բազում արք հոգացան ոչ միայն զգիր դիւանաց այլոց ազգաց թագաւորաց և զմեհենից յեղուլ* 'viele Männer haben Sorge getragen, nicht allein die Schriften der Archive der Könige anderer Völker und die der Tempel zu übersetzen' u. s. w.; *Արշակ որոյ բախտ և պատահումն 'ի վեր քան զամենայն թագաւորաց* 'Arschak, dessen Glück und Schicksal ist über das aller Könige'.

Das Wort *որդի* 'Sohn' kann ausgelassen werden, wenn der Name des Vaters im Genitive folgt, besonders in längeren genealogischen Reihen.

3. Der Genitiv kann sowohl vor als nach dem Nomen regens stehen, auch von demselben durch andere Wörter getrennt sein. In der Regel aber steht der Genitiv vor seinem Nomen regens, und nimmt, wenn letzteres ein Accusativ ist mit der Nota Accus. *զ*, diese auch zu sich, wodurch die innige Zusammengehörigkeit des Accusativs und Genitivs ausgedrückt wird. Vor dem Accusativ kann in diesem Falle das *զ* auch wegbleiben.

Hat das Nomen regens noch ein Attribut bei sich, so steht der Genitiv gerne zwischen beiden; ist in diesem Falle das Nomen reg. ein Accusativ mit *զ*, so tritt das *զ* vor das Wort, welches dem Genitive voransteht; z. B. *գիրք դիւանաց այլոց ազգաց թագաւորաց* 'die Schriften der Archive der Könige anderer Völker', *զհոգւոյն*

6*

'ի վերայ քո իմացուածոց շարժմունս ծանեայ 'ich habe kennen gelernt die Bewegungen des Geistes über deine Gedanken', *զՀոգւոյդ ընկալեալ զծանօթութիւն* 'erlangt habend deines Geistes Kenntniss', *զանդուլ հոգւոյն 'ի վերայ քո իմացուածոց շարժմունս ծանեայ* 'ich habe kennen gelernt die fortwährenden Bewegungen des Geistes über deine Gedanken'.

4. Der Genitiv ist

a) ein subjectiver und objectiver wie im Lateinischen und Griechischen, z. B. *Հայր որդւոյ* 'der Vater des Sohnes', *անսիրելութիւն իմաստութեան* 'Abneigung gegen die Weisheit';

b) ein Genitivus auctoris, z. B. *նորա երկուք յարձանագրութեանց* 'von ihm rühren her die zwei Säulen';

c) ein Genitivus explicativus, z. B. *անուն որդւոյ* 'der Name Sohn', *երկիր Իսրայելի* 'das Land Israel';

d) ein Genitivus des Landes zur Angabe der Lage eines Ortes, z. B. *Բեթղեհեմ Հրէաստանի Bethlehem Judae;*

e) ein Genitivus qualitatis, z. B. *յայտնէ որ ինչ էր 'ի նորայն չարութեան սրտին* 'er offenbart, was in seinem schlechten Herzen war', wörtlich: 'in seinem Herzen der Schlechtigkeit'; *վէհ մեծ ծծմբոյ* 'eine grosse Schwefelgrube'.

5. Der Genitivus absolutus, entsprechend dem Ablat. absol. im Lateinischen und Gen. absol. im Griechischen. In Nebensätzen tritt das Subject oft in den Genitiv, und das Verbum in die Form des Particips, welches aber die Genitivform in der Regel nicht annimmt. Das so im Genitiv stehende Subject des durch den Genitivus absol. ausgedrückten Nebensatzes kann zugleich auch wieder Subject des Hauptsatzes sein, was bekanntlich bei der entsprechenden lat. und griech. Construction nicht der Fall sein kann; z. B. *նորա կարգեալ զիշխանութիւն իւր մեծապէս և հաստատեալ զթագաւորութիւն իւր կամ եղև գիտել . . .* 'als dieser seine Macht grossartig geordnet und seine Herrschaft befestigt hatte, trat ein das Wissenwollen . . .'; *Հայկայ ոչ կամեցեալ հնազանդ լինել Բելայ գնա . . .* 'da Haik dem Bel nicht unterthan sein wollte, geht er . . .'; *խուզեալ նորա զամենայն մատեանս գտանէ* 'als dieser alle Bücher geprüft hat, findet er'; *յետ որոյ ոչ քանի ինչ աստուածայնոյ և ոչ յայտնութեան ինչ եղելոյ 'ի տարակուսանս և յանյուսութիւն ազգ. մարդկան հասեալ լինի* 'da es demnach weder ein göttliches

Wort noch eine Offenbarung gibt, so ist das Menschengeschlecht dem Zweifel und der Verzweiflung preisgegeben'.

6. Der Genitiv in Verbindung mit Präpositionen.

Nur Präpositionen, die ursprünglich und eigentlich Substantive sind, werden mit dem Genitive verbunden. Solche sind: *յաղագս, աղագաւ, սակս, սակաւ, վասն causa, ratione, ՚ի ձեռն per, առանց sine, փոխանակ loco, pro* u. s. w. Besonders gehören hierher die unter diese Rubrik fallenden Präpositionen mit localer und temporaler Bedeutung, wie *առաջի* 'vor', *յետ, յետոյ, զհետ, զկնի* 'nach, hinter', *վեր, վերայ, ՚ի վեր, ՚ի վերայ, ՚ի վերոյ* 'über', *՚ի վայր* 'unter', *արտաքոյ* 'ausserhalb', *ներքոյ* 'innerhalb' u. s. w., obgleich sonst die Zeit- und Ortsbestimmungen dem Accusativ und Dativ anheimfallen, woraus es sich auch erklärt, dass manche der genannten Präpositionen hier und da sich in Verbindung mit diesen beiden Casus vorfinden.

4. Dativus.

Der Dativus ist:

1. Der Dativus des entfernteren Objectes bei Verbis transitivis; z. B. *տալ հարկ կայսեր* 'dem Kaiser Tribut geben'.

Dieser Dativ ist unter Umständen als Dativus commodi sive incommodi zu fassen; z. B. *արժանաւորել մարդ ոմն այսպիսում շնորհի* 'Jemanden einer solchen Gunst würdigen', *երկիրպագանէին նմա* 'sie küssten die Erde zu seiner Ehre'.

2. Der Dativus des Objectes bei Verbis intransit.; z. B. *պարապեալք այսպիսում ճգնութեան դիւանագիրք* 'die mit solcher Arbeit sich beschäftigenden Geschichtsschreiber', *ցանկալ նմա* 'nach ihm verlangen', *տիրել տիեզերաց* 'über den Erdkreis herrschen'.

3. Der Dativus finis, in der Regel durch die Präposition *առ ՚ի* näher bestimmt; z. B. *տայ զքոյր կնութեան* 'er gibt seine Schwester zur Ehe', *ջանան առ՚ի լինելոյ գտողք* 'sie strengen sich an, um Finder zu werden', *ամենայն որ հայի ՚ի կին առ ՚ի ցանկալոյ նմա* 'jeder, der nach einem Weibe sieht, um nach ihr zu verlangen'.

4. Der Dativus steht bei den Adjectiven 'ähnlich, gleich, würdig, hungrig, durstig nach etwas' u. dergl.; z. B. *ասէ վասն նորա Աբիւդենոս համանգոյն այլոցն* 'Abydenus sagt über ihn ähnlich den Andern', *նոյնպիսում շնորհի արժանի* 'einer derartigen Gunst

würdig', քաղցեալ և ծարաւի արդարութեան 'hungrig und durstig nach der Gerechtigkeit'.

5. Der Dativus steht als Casus localis auf die Frage 'wo'; z. B. մահու և թաղման հասեալ 'am Tode und Grabe angekommen'.

6. Der Dativus steht als Casus temporalis auf die Frage 'wann'; z. B. գիշերի 'des Nachts'.

7. Der Dativus als Casus localis und temporalis wird in der Regel näher bestimmt durch die Präpositionen: 'ի 'in, an', առ, ընդ, ընթեր, առընթեր 'bei', հուպ, մերձ 'nahe' u. s. w., mit dem Begriffe der localen und temporalen Ruhe, dann auch durch solche, welche die Richtung nach etwas hin bezeichnen: դէմ, ընդդէմ, դէպ 'gegen, entgegen', մինչև, մինչև ց, մինչև առ 'bis' u. dergl.; z. B. 'ի մերում աշխարհի 'in unserem Lande', 'ի միում աւուրց 'an einem Tage', առ մեզ 'bei uns', ընդդէմ Բաբելոնի 'gegen Babylon'.

5. Ablativus.

Der Begriff des Ablativus ist der der Trennung. Er steht daher

1. bei allen Wörtern und Redensarten, welche den Begriff einer wirklichen oder logischen Trennung involviren, z. B. bei 'befreien, verschieden sein' u. s. w. Bisweilen tritt die Präposition եստ zu diesem Ablativ hinzu.

2. Als Terminus a quo auf die Frage 'woher' zur Bezeichnung des localen und temporalen Ausgangspunctes. Zu diesem Ablativ tritt bisweilen die Präposition առ; z. B. Դաւիթ ծնաւ զՍողոմոն 'ի կնոջէ Ուրիայ 'David zeugte den Salomon aus dem Weibe des Urias', 'ի դրախտէն և յաստուծոյ արտասահմանեալ 'aus dem Paradiese und von dem Angesichte Gottes verbannt', չորրորդ 'ի Նոյէ 'der vierzehnte von Noe an', 'ի սկզբանէ մինչև առ մեզ 'vom Anfang an bis auf uns', յՅովսեփայ ժամանակէ 'von der Zeit Joseph's an'.

3. Bei den Verbis, bei denen der Begriff der Trennung zu suchen ist in dem der Causalität, besonders bei den Verbis passivis zur Bezeichnung der bewirkenden Ursache; z. B. յաւանդութենէ հասեալ 'überkommen durch die Tradition', ընտանեգոյն Աստուծոյ յորդւոցն Ադամայ 'ի հարազատէն իւրէ սպանանի յեղբօրէ 'der mit Gott vertrauteste von den Söhnen Adams wird von seinem eigenen Bruder getödtet'.

4. Zur Bezeichnung des Stoffes, aus dem etwas gemacht ist; z. B. *Յովհաննէս ունէր հանդերձ ՚ի ստեւոյ ուղտու* 'Johannes trug ein Kleid von Kameelhaaren'.

5. Zur Bezeichnung der Masse, aus der ein Theil genommen ist, lat. *de*, *ex* mit dem Ablativ statt des Gen. partitivus; z. B. *տեսեալ զբազումս ՚ի սադուկեցւոց և ՚ի փարիսեցւոց* 'sehend viele Saduzäer und Pharisäer', *ընտանեգոյն յորդւոց* 'der vertrauteste der Söhne'.

Bisweilen steht so der Ablativ ohne das Wort, welches den Theil bezeichnet, im Sinne des französischen Theilungsartikels; z. B. *՚ի ճշմարտէն և ՚ի ստէն* 'Wahres und Falsches'.

6. Scheinbar als Ablativus loci auf die Frage 'wo'. Logisch ist dieser Ablativ als Ablativus der Trennung zu fassen; z. B. *հարաւոյ կողմանէ* 'an der Südseite', *յաջմէ* 'zur Rechten', *՚ի ձախմէ* und *յահեկէ* 'zur Linken'.

Die Präpositionen *ընդ* und *առ* in der Bedeutung 'bei, in' geben diesem Ablativ die Bedeutung eines wirklichen Ablativus loci.

7. Mit der Präposition *զ* als Casus narrativus, im Sinne des lat. Ablativus mit der Präposition *de*, bei Verbis, wie: 'sagen, reden, erzählen über, von etwas' u. s. w.; z. B. *զորոց մեք սկսեալ ճառեցուք* *de quibus nos incipientes loquemur*, *մատեան զ Քսիսութրեայ և զ որդւոց նորա* 'das Buch über Xisuthr und seine Söhne'. *զնմանէ բանք* 'Worte über ihn', *զորմէ լեալ ասեն* 'von dem man sagt, dass er sei', *լուեալ զ գեղեցկութենէ* 'gehört habend von der Schönheit'.

8. Sehr selten findet sich der Ablativus mit *զ* in der Bedeutung des (beim Instrumentalis näher zu besprechenden) Casus circumlativus; z. B. *միայն գտար զայսպիսւոյ մեծ իրէ բուռն հարկանել* 'du bist allein (tauglich) gefunden worden, die Hand an eine so grosse Sache zu legen.

6. Der Instrumentalis.

Der Instrumentalis ist der Casus zum Ausdrucke des Mittels und Werkzeuges und des Zusammenseins. Beide Begriffe, zu deren Ausdruck der Instrumentalis dient, gehören enge zusammen.

1. Der Instrumentalis des Mittels und Werkzeuges bezeichnet

a) Das Werkzeug, mit dem eine Handlung vollbracht wird, im engern und weitern Sinne; z. B. *մկրտել ջրով* 'mit Wasser taufen', անուամբ յորջորջել 'mit Namen nennen', անուամբ մեծարել 'mit einem Namen beehren'. Հեղեղաւ ջնջել 'durch die Fluth zu Grunde richten', ոչ հացիւ միայն կեցցէ մարդ այլ ամենայնիւ բանիւ որ ելանէ 'ի բերանոյ Աստուծոյ 'der Mensch lebt nicht allein vom Brode, sondern auch von jedem Worte, das aus dem Munde Gottes kommt'.

b) Den Grund und die Ursache eines Zustandes. Dieser Instrumentalis kann als Casus der nähern Bestimmung gefasst werden; z. B. զօրութեամբ տկար 'klein an Macht', ազգաւ Պարթև 'von Nation ein Parther', մանուկ տիովք 'jung an Alter', վարժեալ փիլիսոփայութեամբ 'in der Philosophie bewandert'.

2. Der Instrumentalis des Zusammenseins bezeichnet

a) mehrere Personen oder Sachen, die mit einer Hauptperson oder Hauptsache verbunden sind; z. B. Տարբան երեսուն ուստերօք և հնգետասան դստերօք և նոցին արամբք մեկնեալ 'ի հօրէն բնակէ . . . 'nachdem Tarban sich mit dreissig Söhnen und fünfzehn Töchtern und deren Männern vom Vater getrennt hat, wohnt er . . .'; յղեաց առ եղբայրն իւր արժանի ընծայիւք զնա 'er schickte ihn zu seinem Bruder mit würdigen Geschenken'.

Zum nähern Ausdruck der Begleitung kann die Präposition հանդերձ 'mit' zu dem Instrumentalis hinzutreten; z. B. Հայկ գնայ յերկիրն Արարադայ հանդերձ որդւովք իւրովք և դստերօք և որդւոց որդւովք 'Haik kommt in das Land Ararad mit seinen Söhnen und Töchtern und den Söhnen seiner Söhne'.

b) Die Umstände, welche eine Handlung begleiten, die Art und Weise, auf welche sie geschieht; z. B. Մեծաւ լրջմտութեամբ հրամայէ առաջի անել նմա զդիւան 'mit grosser Freude befiehlt er, ihm das Archiv vorzulegen', կեալ խաղաղութեամբ 'in Frieden leben', սկսայց աւելորդ համարելով զարտաքնոցն երկրորդել առասպելս 'ich werde beginnen, indem ich für überflüssig halte', wörtlich: 'unter dem für überflüssig Halten, die Fabeln der Haiden zu wiederholen'.

Bisweilen tritt zum Instrumentalis in dieser Bedeutung die Präposition առ; z. B. առ այսուքիւ 'unter diesem Umstande', առ որով 'unter welchem Umstande'.

Hierher gehören auch die Adverbien mit Instrumentalendung, wie արդեօք, արդե 'vielleicht', ճշդիւ 'genau'.

c) Die Eigenschaften eines Dinges; z. B. *մատեան հեղղէն գրով* 'ein Buch mit griechischer Schrift', *դիպեալ դաշտի փոքու գետոց ընդ մէջ նորա անցանելով դադարէ* 'nachdem sichtbar geworden ist eine kleine Ebene, durch deren Mitte Flüsse laufen, macht er Halt'; *գետոց անցանելով* ist Eigenschaft zu *դաշտի*; *հասանէ յեզր ծովակի միոյ որոյ աղի են ջուրքն մանունս ունելով ձկունս յինքեան* 'er kommt zum Ufer eines Sees, dessen Wasser salzig sind, der in sich kleine Fische enthält'; *ունելով* ist Eigenschaft von *ծովակի*, und logisch coordinirt dem Relativsatze, der ebenfalls eine Eigenschaft des Sees ausdrückt.

d) Den Raum und die Zeit, innerhalb welcher etwas geschieht oder sich befindet. In diesem Falle steht beim Instrumentalis regelmässig *առ*; z. B. *առ լերամբ միով* 'an einem Berge', *առ գետով* 'an einem Flusse', *առ եզերբ* 'am Ufer'; *առ մեւք* 'unter uns, zu unserer Zeit', *առ Նոյիւ* 'zur Zeit Noe's', *առ որով նախնին մեր Հայկ* 'unter welchem, zu dessen Zeit unser Vorfahre Haik lebte'.

Ausser der Präposition *առ* dienen noch andere mit localer und temporaler Bedeutung, besonders *ընդ*, *ըստ* 'unter' und *չափ* 'bis' zur nähern Bestimmung dieses Instrumentalis.

f) Der Instrumentalis mit der Präposition *զ* bezeichnet als Casus circumlativus den Ort, um welchen herum etwas geschieht, gegen welchen hin etwas geschieht; z. B. *խաղայ զօրութեամբ զկողմամբք Ասորեստանի* 'er wendet sich mit seinem Heere um die Gegenden Assyriens herum', *զմտաւ*, *զբռամբ ածել* 'um das Herz, um die Faust herumtragen', *հանգեան աւուրս ինչ զտեղեօք* 'sie ruhten einige Tage aus um die Orte herum', *այր զայրամբ ելանէին տիրել* 'Mann gegen Mann (Einer um den Andern herum) stand auf zu herrschen', *զհարաւով իջեալ* 'nach Süden hinsteigend', *խաղայ զկողմամբք Մեդացւոց* 'er marschirt um die Gegenden der Meder herum', *զիւրև* 'um sich herum'.

Zu diesem Instrumentalis kann noch die Präposition *շուրջ* *circum* treten.

Selten wird der sub *f* genannte Instrumentalis von der Zeit gebraucht: *զայնու ժամանակաւ* 'um jene Zeit herum'.

IV. Die Lehre vom Verbum.

A. Die Tempora und ihre Bedeutung.

Bezüglich des Gebrauches der einzelnen Tempora lassen sich bestimmte bis ins Einzelne gehende und bei allen Schriftstellern gleichmässig in Anwendung gebrachte Regeln nicht geben; es können nur einige Hauptregeln aufgestellt werden, die im Begriffe der einzelnen Tempora selbst liegen, und auch ziemlich constant beobachtet werden. Dennoch bleibt auch hierbei Einzelnes schwankend und unsicher, besonders in den Übersetzungen aus dem Griechischen.

1. Das Präsens.

Das Präsens bezeichnet

1. Eine Handlung, die in der Gegenwart fortdauert; z. B. *ջանեմ* 'ich arbeite', *գրեմ* 'ich schreibe', d. h. ich bin eben beschäftigt mit Arbeiten, Schreiben, englisch *I am laboring, I am writing.*

2. Eine Handlung, die in dem Momente vollendet ist, in dem ihr Geschehen ausgesprochen wird; z. B. *ասեմ* 'ich sage', *հրամայեմ* 'ich befehle'. *I say, I command.*

3. Steht in allgemeinen, zu allen Zeiten giltigen Sentenzen; z. B. *վասն բանի մեք պատկերք Աստուծոյ եմք* 'durch die Vernunft sind wir Ebenbilder Gottes'.

4. In der Erzählung bezeichnet das Präsens die völlig vergangene Handlung. In diesem Falle steht es, wie auch im Lateinischen, Griechischen, Deutschen, als Praesens historicum, und wechselt selbst in ein und demselben Satze mit dem Aoriste, als dem eigentlichen historischen Tempus, ab; z. B. *Կայնան կեցեալ ամս հարիւր և եւթանասուն ծնանի զՄաղաղիէլ* 'Kainan, 170 Jahre alt, zeugt den Malaliel'; *Ղամէք կեցեալ ամս հարիւր ութսուն և ութ ծնանի որդի և անուանեաց զանուն նորա Նոյ* 'Lamech, 188 Jahre alt, zeugt einen Sohn, und nannte seinen Namen Noe'.

2. Das Imperfectum.

Das Imperfectum bezeichnet 1. im Hauptsatze

a) eine in der Vergangenheit fortdauernde Handlung oder Zuständlichkeit; z. B. *ոչ գիտէր զնա մինչև ծնաւ զորդին* 'er erkannte sie nicht mehr, bis sie den Sohn geboren hatte';

b) eine in der Gegenwart vollendete Handlung. Dieses Imperfectum ist gleich dem Präsens und Aoristus histor.; z. B. *Իբրև գնացին նոքա անտի ահա հրեշտակ երևէր 'ի տեսլեան Յովսեփու և ասէր* 'als sie von dannen gegangen waren, erschien ein Engel dem Joseph im Traumgesichte und sprach'.

2. In Nebensätzen Handlungen, die mit denen des Hauptsatzes gleichzeitig sind, oder Zustände, unter denen die Handlung des Hauptsatzes geschieht, oder in denen der Zustand, von dem der Hauptsatz spricht, näher geschildert wird; z. B. *Հայկ ընդդիմակաց ամենեցուն որք ամբառնայինն զ ձեռն միապետել 'ի վերայ ամենայն սկայիցն* 'Haik widersetzte sich allen, welche die Hand erheben, zu herrschen über alle Giganten'; *երթեալ բնակէ 'ի լեռնոտին միում 'ի դաշտի յորում սակաւ 'ի մարդկանէ բնակէին* 'angekommen, lässt er sich nieder am Fusse eines Berges in einer Ebene, in welcher wenige Menschen wohnten'; *Յովսեփ քանզի արդար էր և ոչ կամէր առակել զնա, խորհեցաւ լռելեայն արձակել զնա և մինչ-դեռ նա զայս ածէր զմտաւ ահա հրեշտակ երևեցաւ նմա և ասէր* 'weil Joseph gerecht war und sie nicht an den Pranger stellen wollte, dachte er daran, sie heimlich zu entlassen, und während er das im Herzen trug, siehe, da erschien ein Engel und sprach'; *Հայկ խրոխտացեալ ամբարձ զձեռն ընդդէմ բռնաւորութեան Բելայ 'ի մէջ բազմակոյտ սկայիցն անհուն խոլաց և ուժաւորաց քանզի անդ մոլեգնեալ այր իւրաքանչիւր սուր 'ի կող ընկերի իւրոյ ձգելով չանայինն տիրել ուր պատահմունք 'ի դէպ ելանէին Բելայ* 'Haik, erzürnt, erhob die Hand gegen die Tirannei Bel's mitten unter der Menge der ungeheuern, gefühllosen und starken Giganten, denn (— Schilderung des gigantischen Zustandes —) jeder wüthende Mann bemühte sich zu herrschen dadurch, dass er seinem Nächsten einen Dolch in die Seite stiess, während (— Gleichzeitigkeit mit dem Geschilderten —) die Glücksfälle zu Gunsten Bel's fielen'.

3. Die Aoriste.

Die Aoriste, die hinsichtlich ihrer Bedeutung zusammenfallen, bezeichnen

1. im Haupt- und Nebensatze die vergangene Handlung im allgemeinen, und dienen insbesondere als Temp. histor.

Beispiele finden sich unter den bisher angeführten.

2. Im Nebensatze die in der Vergangenheit schon vollendete Handlung als Vertreter des lateinischen und deutschen Plusqamperf.; z. B. *իբրև լուաւ արքայ Հերովդէս խռովեցաւ* 'als der König Herodes das gehört hatte, erschrack er'.

4. Die Futura.

Die beiden Futura, die ebenfalls der Bedeutung nach zusammenfallen,

1. bezeichnen die zukünftige Handlung im allgemeinen in Haupt- und Nebensätzen;

2. stehen für den griechischen Optativus oder lateinischen Conjunctivus potentialis; z. B. *և այսոքիկ բաւական լիցին ասել այսչափ* 'und das möchte genug sein, das so zu sagen'.

3. stehen nach der Finalpartikel *զի* 'damit', *զի մի* 'damit nicht', wo sonst auch der Conjunctiv steht; z. B. *անցանեմ ընդ բնաւն զի իմասցիս զառ քեզ պարզամտութիւն իմոյ խորհրդոց* 'ich werde das Ganze durchgehen, damit du kennen lernest die Aufrichtigkeit meiner Wünsche für dich'; *Հրեշտակաց իւրոց պատուիրեալ է վասն քո և ՚ի վերայ ձեռաց բարձցեն զքեզ զի մի երբէք հարցես զքարի զոտն քո* 'er hat seinen Engeln deinetwegen befohlen, und auf den Händen werden sie dich tragen, damit du nicht etwa an einen Stein deinen Fuss stossest';

4. stehen für den positiven und negativen Imperativ; z. B. *արդ այս մի ոք զարմասցի* 'darüber soll sich Niemand wundern'; *եղիցի ձեր բան այոն այն և ոչն ոչ* 'es soll euer Wort sein: ja, ja, nein, nein'.

5. Die Tempora composita.

Die Bedeutung der Tempora composita ist gegeben in der Bedeutung der Elemente, aus denen sie zusammengesetzt sind.

B. Die Modi und ihre Bedeutung.

1. Der Indicativus.

1. Der Indicativus ist der Modus zum Ausdrucke der Wirklichkeit, auch wenn diese eine blos angenommene ist.

2. Der Indicativus präs. steht zuweilen für den Imperativ oder Optativ; z. B. *աղաչեմ զքո տէրութիւնդ հրամայես բանալ* 'ich bitte deine Majestät zu befehlen (— wörtlich: du befiehlst —) zu öffnen'.

3. Der Indicativus Futuri steht oft für den Conjunctivus potentialis und Imperativ, vergl. Futura Nr. 2 und 4.

2. Der Conjunctivus.

Der Conjunctivus kommt vor

1. als Conjunctivus potentialis zum Ausdruck der gemilderten Behauptung in Haupt- und Nebensätzen; z. B. *առ այսորիւք և փափագիցեմք իմաստութեան արանցն այնոցիկ* 'unter solchen Umständen mögen wir wohl verlangen nach der Weisheit solcher Männer'; *ասիցէ ոք արդեօք* 'es mag vielleicht Jemand sagen';

2. nach *մի* für den negativen Imperativ; z. B. *մի ոք անուսումն զմեզ համարեալ բամբասիցէ իբր զանկիրթս ոմանս* 'es soll uns Niemand für unwissend haltend verurtheilen als Ungebildete'; *մի համարիցիք ասել յանձինս թէ ունիմք մեք հայր զԱբրահամ* 'nehmet es euch nicht heraus, zu sagen im Herzen: wir haben Abraham zum Vater'; *մի երդնուցուս սուտ* 'du sollst nicht falsch schwören';

3. nach der Finalpartikel *զի* 'damit, dass'; z. B. *ասա զի քարինքս այսոքիկ հաց լինիցին* 'sprich, dass diese Steine Brod werden';

4. nach einzelnen Conjunctionen, z. B. *թէ*, *եթէ* 'wenn', *յորժամ* 'wann', *մինչև* 'bis dass' u. a. m. Bei diesen findet sich auch der Indicativ;

5. in Fragesätzen, und zwar

a) in zweifelnden Fragen nach den Fragepartikeln *միթէ*, *թէ* u. a. m., z. B. *առ այս չափ միայն ասացից միթէ մատեան մերձ կայցէ ինձ* 'auf derartiges werde ich nur sagen: ist mir vielleicht ein Buch zur Hand';

b) in der indirecten Frage; z. B. *խորհուրդ 'ի միտ եդի գիտել թէ ո՞յք ումանք յառաջ քան զիս իցեն տիրեալ* 'ich habe den Gedanken gefasst, zu erfahren, welche vor mir geherrscht haben'; *եղև գիտել նորա զքաջաց արդեօք եթէ զվատաց ունիցէ զտեղի* 'es kam ihm das Wissenwollen, ob tapferer oder feiger Männer Platz er einnehme';

c) in der directen Frage; z. B. *դուք էք աղ երկրի. ապա թէ աղն անհամի իւ յաղիցի* 'ihr seid das Salz der Erde; wenn aber das Salz kraftlos wird, womit wird es gesalzen'.

Bei der indirecten und directen Frage steht auch der Indicativus, und zwar bei der letzteren in der Regel.

Vergleichen wir nach den gegebenen Hauptregeln das Futurum und den Conjunctivus bezüglich ihrer Functionen mit einander, so finden wir, dass beide als Ausdruck der gemilderten Behauptung, als Stellvertreter des Imperativs und nach der Finalpartikel gleichberechtigt stehen. Sie können syntaktisch nicht strenge geschieden werden. Der Grund davon ist ihre schon nachgewiesene etymologische Identität. Der Umstand, dass die Grammatik formell zwischen Futurum und Conjunctivus unterscheidet, so wie die Deutlichkeit und Übersichtlichkeit machten eine gesonderte Behandlung und Zusammenstellung ihrer Functionen nothwendig.

3. Der Imperativus.

1. Der Imperativus praesentis kommt nur negative mit *մի* vor. Der Grund davon ist wohl nur darin zu suchen, dass er etymologisch betrachtet Imperfectum ist.

2. Der Imperat. Aoristi und Futuri wird sowohl positiv als negativ mit der Negationspartikel *մի* gebraucht.

3. Ein Unterschied der Bedeutung dieser drei Imperative ist nicht strenge festzustellen; nur wenn der Imperat. Futuri auf einen Imper. Praes. oder Aor. folgt, drückt er die Zeitfolge der Handlungen aus; z. B. *արի առ զմանուկ և զմայր իւր և փախիր յԵգիպտոս և անդ լինիցիր* 'auf, nimm das Kind und seine Mutter und fliehe nach Ägypten und bleibe dort'; *Հայեաց և զարմացիր* 'betrachte und staune'.

4. Der Infinitivus.

1. Der Infinitivus ist sowohl Substantivum als auch Verbum, und hat demnach wie das arabische Nomen Verbi und das englische Participle present in gegebenen Fällen eine doppelte Rection; z. B. *որպէս կոչելն իմանի* 'wie wird das „Nennen“ gedeutet?' *վասն ջնջելոյ որդւոց* 'wegen des Tödtens (activ) der Söhne', *անշարժ լինել թագաւորութեան* 'das Festwerden des Reiches', *ջնջել զազգս* 'der Mord der Völker' (passiv), *վասն ջնջելոյ որդւոց զազգս* 'wegen des Tödtens der Söhne die Völker', *'ի բաժանել սոցա տիեզերս* 'beim Theilen dieser den Erdkreis', *իմացեալ եմ զմերձ լինելն նորա 'ի տուն* 'ich habe seine Annäherung an das Haus vernommen'.

Das Nomen, welches mit dem Infinitivus, der als Substantiv in einem Casus obliq. steht, zusammen das Prädicat ausmacht, steht immer im Nominativ; z. B. *գովելիք են յաղագս ջանին առ 'ի յայլոց լինելոյ գտօղք* 'sie sind lobenswerth wegen ihrer Anstrengung, Finder für Anderes zu werden'.

Bisweilen kann auch das Subject des Infinitivsatzes, das in der Infinitivconstruction Genitiv zu dem zum Nomen regens gewordenen Infinitiv sein sollte, im Nominativ stehen bleiben; z. B. *վասն ոչ լինելոյ գիր* 'wegen des Nichtvorhandenseins des Buches', für *վասն ոչ լինելոյ գրոյ*.

2. Der Infinitiv findet sich nicht selten in der Bedeutung eines Präteritums, besonders neben den historischen Temporibus, in Verbindung mit der Präposition *ի* zur Angabe der Zeit; z. B. *'ի հաստատել Բելայ զթագաւորութիւն իւր առաքէ առ Հայկ* 'als Bel seine Herrschaft befestigt hatte, schickte er zu Haik'.

3. Der Infinitivus steht oft als Verbum finitum, z. B. *հրամայէ և կարգել* 'er befiehlt und ordnet an'.

5. Die Participia.

1. Das Participium praesentis auf *ող*, *օղ* lautend, so wie das ebenfalls auf *ող*, *օղ* endigende, vom Aorist gebildete, sind im allgemeinen als Verbaladjectiva zu betrachten.

2. Das Participium der Aoriste

a) hat active und passive Bedeutung; z. B. *ասացեալ* 'gesagt habend' und 'gesagt';

b) drückt aus die der Handlung des Hauptsatzes vorangehende und die mit ihr gleichzeitige Handlung; z. B. *կոչեալ զօրս իւր ասէ* 'nachdem er seine Heere zusammengerufen hat, sagt er'; *անձապարեալ հաւաքէ* 'sich beeilend, sammelt er'; *Բէլ որպէս յորձան ինչ սաստիկ ընդ զառ 'ի վայր հեղեալ փութայր հասանել* 'Bel beeilte sich, anzukommen, wie ein reissender von einer Anhöhe sich ergiessender Strom';

c) steht häufig als Verbum finitum selbst nach dem Pronomen relat. und Conjuectionen. Anzunehmen, das Verbum substant. sei bei solchen Participiis ausgelassen, geht wohl nicht an, da *լեալ* selbst in solchem Gebrauche als Verbum finitum vorkommt; z. B. *Թագաւորք Յունաց որ ինչ իմաստութեան են ջանք փոյթ յանձին կալեալ աւանդել Յունաց յետ զառանձինն իւ-րեանց յարմարեալ իրս* 'die Könige der Griechen trugen Sorge in sich, welche Arbeiten von Weisheit vorhanden waren, den Griechen zu übertragen, nachdem sie ihre innern Angelegenheiten geordnet hatten'; *Մատենին սկիզբն լեալ ասէ զ.Սրուան* 'der Anfang des Buches, sagt er, handelt über Srovan'.

3. Das Participium des Futurums hat Futurbedeutung; z. B. *անձապարեա՛ խորհել որ ինչ գործելոց ես* 'beeile dich zu ersinnen, was du thun wirst'.

4. Das Participium Aoristi und Futuri dient in Verbindung mit dem Verbum substantivum zur Bildung der Tempora composita. Das Participium Aoristi mit *լինել* zur Bildung des Passivs.

5. Die Ausdrücke 'man sagt, es findet sich, dass' und ähnliche werden persönlich construirt, und zwar entweder activisch mit folgendem Accusativus cum Infinitivo oder Participio oder passivisch mit folgendem Nomen cum Participio; z. B. *ասեն զնա մեծ լեալ* oder *ասի մեծ լեալ* 'man sagt, dass er gross ist'; *գտանեն զնա մեծ լեալ* oder *ել* oder *գտանի մեծ լեալ* 'man findet, dass er gross ist'.

C. Das Passivum.

Die IV. Conjugation kann im allgemeinen als Passivum bezeichnet werden. Selten bilden die Verba der II. und III. Conjugation ihr Passivum nach der IV. Conjugation. Alle Verba aber, besonders die der II. und III. Conjugation, bilden ihr Passivum durch das Participium Aoristi mit dem Verb. auxil. *լինել*. Für *լինել* treten auch *ել, եղանիլ, գտանիլ esse, fieri, inveniri*, ein. Nicht selten hat ein Verbum in der activen Form passive, oder neben der activen zugleich auch passive Bedeutung.

D. Rection der Verba.

1. Die Verba transitiva nehmen das directe Object in den Accusativus und das indirecte in den Dativus. Der Accusativus nimmt oder nimmt nicht zu sich die Nota զ nach den in der Formen- und Satzlehre gegebenen Regeln. Ganze Sätze als directes Object von Verbis transitivis stehen im Accus. cum Infin. sive Partic. oder werden als selbstständige Sätze construirt, und durch die Nota Accus. զ oder eine Conjunction eingeleitet.

2. Die Verba mit dem Begriffe einer physischen oder moralischen Superiorität nehmen ihr Object oft zu sich im Genitive (als Casus der Abhängigkeit) oder im Dative (Dat. commodi seu incommodi) oder verbinden es sich mittels der ihrem Begiffe entsprechenden Präpositionen.

3. Den doppelten Accusativ (doppelten Nominativ im Passiv) nehmen zu sich im Ganzen und Grossen die Verba, die auch in den classischen Sprachen dieselbe Construction haben.

4. Die bewirkende Ursache bei den Verbis passivis findet ihren Ausdruck durch den Ablativ.

5. Die andern in Nr. 1 bis 4 nicht erwähnten Complemente der Verba transitiva, so wie die der Verba intransitiva, finden ihren Ausdruck durch einen einfachen oder durch eine Präposition näher bestimmten Casus, je nach ihrem Verhältnisse zum Verbum und der Bedeutung der einzelnen Casus oder durch einen ganzen Satz, in dessen Einleitungspartikel ihre Beziehung zum Verbum gegeben ist.

Schrifttafel.

Gewöhnliche Schriftzeichen		Cursivschrift	Gewöhnliche Schriftzeichen		Cursivschrift
grosse	kleine		grosse	kleine	
Ա	ա	ա	Մ	մ	մ
Բ	բ	բ	Յ	յ	յ
Գ	գ	գ	Ն	ն	ն
Դ	դ	դ	Շ	շ	շ
Ե	ե	ե	Ո	ո	ո
Զ	զ	զ	Չ	չ	չ
Է	է	է	Պ	պ	պ
Ը	ը	ը	Ջ	ջ	ջ
Թ	թ	թ	Ռ	ռ	ռ
Ժ	ժ	ժ	Ս	ս	ս
Ի	ի	ի	Վ	վ	վ
Լ	լ	լ	Տ	տ	տ
Խ	խ	խ	Ր	ր	ր
Ծ	ծ	ծ	Ց	ց	ց
Կ	կ	կ	Ւ	ւ	ւ
Հ	հ	հ	Փ	փ	փ
Ձ	ձ	ձ	Ք	ք	ք
Ղ	ղ	ղ	Օ	օ	օ
Ճ	ճ	ճ	Ֆ	ֆ	ֆ

Zeitfracht Medien GmbH
Ferdinand-Jühlke-Straße 7
99095 Erfurt, Deutschland
produktsicherheit@kolibri360.de